ROCH CARRIER

Roch Carrier est né en 1937. Tout jeune, il publie des poèmes et des contes dans divers journaux et magazines. Au cours d'un séjour en Europe, il écrit Jolis deuils *qui lui vaut en 1965 un Prix littéraire du Québec. Par la suite, son oeuvre s'oriente vers le roman.* La guerre, yes sir! Floralie, où es-tu? Il est par là, le soleil, Le deux-millième étage, Les fleurs vivent-elles ailleurs que sur la terre? Le jardin des délices *font de lui l'un des écrivains les plus originaux et les plus lus de sa génération. En 1984, Roch Carrier publie une grande fresque romanesque,* De l'amour dans la ferraille, *saluée par la critique comme l'un des plus grands romans de la littérature québécoise.*

IL EST PAR LÀ, LE SOLEIL

Commencée dans *La Guerre, yes sir!* (collection "Québec 10/10" n° 33) et poursuivie dans *Floralie, où es-tu?* (collection "Québec 10/10" n° 34), la TRILOGIE DE L'ÂGE SOMBRE trouve ici, dans l'aventure d'un autre personnage inoubliable, son aboutissement à la fois pathétique et inquiétant.

Philibert, fils du fossoyeur Arsène, quitte sa famille et son village des Appalaches et, comme un héros de conte, il part chercher fortune au loin. Au loin, c'est-à-dire à Montréal, où cet "habitant", ce prolétaire, ce Canadien français, au lieu de la fortune, ne trouvera finalement que la misère, la solitude, le crime, les mille métiers tous plus frustrants les uns que les autres, l'humiliation, mais aussi, à travers l'horreur, quelques moments d'émerveillement, dans les bras d'une femme ou en admirant Maurice Richard au Forum. Mais quels que soient son ardeur et son désir de vivre, rien ne pourra délivrer Philibert de la nuit où il s'enfoncera bientôt, pour n'en plus ressortir.

À travers le destin de Philibert, c'est celui de toute sa collectivité, de toute la culture traditionnelle à laquelle il appartient, qui se trouve confronté à la ville et au monde moderne. La mort de Philibert est en effet le signe d'une disparition beaucoup plus vaste...

La trilogie de l'âge sombre

IL EST PAR LÀ, LE SOLEIL

DU MÊME AUTEUR
dans la même collection

Roch Carrier

La trilogie de l'âge sombre 3

IL EST PAR LÀ, LE SOLEIL

Stanké
Montréal-Paris

roman

La collection Québec 10/10 *est publiée*
sous la direction de Roch Carrier.

Éditeur: Éditions internationales Alain Stanké ltée
2127, rue Guy
Montréal (Québec)
CANADA H3H 2L9

ISBN: 2-7604-0138-3
Dépôt légal, 3e trimestre 1981

Je dédie cette histoire
à ceux qui ne l'ont pas racontée
parce qu'ils voulaient oublier.

R.C.

Philibert n'oubliera jamais ce bruit de papier froissé, ce papier vert à dessins vifs, neige, bonshommes rouges, biches et sapins allumés, que sa mère, d'année en année, récupère, défroisse au fer à repasser et range pour la Noël suivante. Il a trouvé sous le lit de ses parents, dans la poussière, une boîte recouverte du papier de Noël. Attendre, pour l'ouvrir, la nuit de Noël... Philibert ne le peut pas... Il déchire le papier. Sous ses doigts impatients le papier fait un bruit dont il se souviendra toute sa vie. Dans la boîte, une auto-jouet. Philibert la prend entre ses mains et heureux, il se précipite dans la cuisine pour embrasser sa mère. Son père le saisit par le bras (« Ce jouet est pour Noël. Pas avant »), lui arrache le jouet, le lance par terre et l'écrase du pied, ce gros pied de cuir qui fait trembler l'escalier,

qui ébranle le plancher sur ses poutres tail-
lées à la hache, ce gros pied qui, dans la
neige, creuse un trou qui peut contenir Philibert tout entier comme une fosse.

— Non ! Non ! hurle l'enfant.

L'homme ouvre la porte et lance le jouet,
écrabouillé, dans la neige :

— Dans la vie, dit la grosse voix, il faut
apprendre à attendre...

L'enfant cherche ses débris dans la neige qui poudroie. L'auto est perdue ; inutile
de ramper, de retourner la neige d'une main
engourdie.

Noël s'approche avec une gueule de
loup : Philibert n'aura pas de cadeau. Mais
sous le sapin, parmi les autres boîtes multicolores, une étiquette porte son nom. Ses
mains affolées déchirent le papier. Son âme
est ivre de ce bruit fou du papier.

La boîte est vide.

C'est la boîte de l'auto-jouet.

Tous les jours, il creuse la neige pour
retrouver le jouet perdu. Au printemps, il
scrute la neige fondante, il attend, il espè-

re... Quand apparaît l'herbe jaune, il doit accepter que, même si c'est impossible, le jouet a fondu avec la neige.

*　　*　　*

Quand les premières gelées ont blanchi le chaume et que les arbres ont des doigts crochus qui viennent, à travers les fenêtres, griffer les murs et grappiller les couvertures de Philibert, chaque année, un homme en longues bottes, avec un nez rouge qui dégouline, vient raconter une histoire, toujours la même :

—A matin, j'longeais la rivière, dans les p'tits arbres : des pelottes d'épingles. Rien que des branches : plus de feuilles. Ça te fouette la face, ces p'tites branches raides comme des poils de porc-épic. Tout d'un coup, qu'est-ce que j'vois ? Trente-neuf canards. J'ai pu les compter parce qu'ils grouillaient pas. Les canards étaient pris dans la rivière, parce que la rivière était prise en glace. Il y a que les cous des canards qui sortaient de la glace : trente-neuf têtes qui se tortillaient et des becs qui couacquaient. Te vois-tu, toi, Arsène, tout le corps pris dans la glace, avec seulement la barbe qui dépasse au-dessus ? Te vois-tu, toi, Philibert, mon p'tit homme ?

La glace enserre les canards, la glace arrache leurs plumes, les têtes sont des fleurs hagardes.

Le vieux chasseur court chercher une arme et revient à la rivière avec une faux comme s'il allait, en cette saison, couper l'herbe. D'un grand coup, il tranche plusieurs têtes qui roulent sur la glace ; le vieil homme abat sa faux une autre fois, coupe d'autres têtes qui, tombant, glissent sur la glace jusqu'à ce qu'elles s'immobilisent dans leur sang gelé.

Quand sa moisson rouge est terminée, l'homme, avec une hachette, brise, autour de son gibier, la glace qui déjà s'amollit sous le soleil de l'automne.

La nuit, ces têtes fauchées apparaissent comme de douloureuses étoiles, elles crient dans le silence, ces étoiles rouges saignent sur Philibert, elles glissent sur le plancher de sa chambre à la façon des escargots, elles grimpent sur son lit, elles s'immiscent entre les draps.

* * *

Derrière la cloison de bois vert dont les planches se joignent mal, le lit de ses parents brinquebale comme un buggy sur une mauvaise route. Tous les soirs, Philibert est réveillé par ce vacarme frénétique où son père et sa mère deviennent muets et cessent même de respirer, semble-t-il. Seul le lit se plaint, crie, s'agite : une bête torturée dans la nuit.

* * *

Sereinement, l'enfant creuse un petit trou à côté de son père qui prépare une fosse pour y déposer le cercueil d'un villageois. Quand le grand trou est terminé, son père marche dans la terre boueuse vers une petite cabane blanche, au fond du cimetière ; là sont entassés les trois ou quatre cercueils de l'hiver qu'il est temps d'inhumer quand la terre est ramollie par le printemps. L'hiver conserve les morts durs et sans odeur.

Son père tire un cercueil sur sa brouette et vient le jeter dans le trou qu'il remplit à vives pelletées, comme s'il voulait vite le faire oublier sous la terre. Qu'ensevelira-t-il, lui ? Dans la cabane blanche les cercueils sont trop gros : seul son père peut les bouger, et difficilement, car son visage devient tout rouge, avec de gros muscles qui tendent le cou et il souffle comme un cheval. Philibert a remarqué un cercueil blanc, plus petit, un cercueil d'enfant. Il agrandira un peu sa fosse et y déposera le cercueil blanc. Philibert peut en soulever un bout ; il sent glisser le petit mort à l'intérieur. Est-ce la tête ou les pieds qui ont heurté la paroi intérieure ? Il n'arrive pas à soulever entièrement le cercueil.

Un peu triste, il retourne à sa petite fosse, s'agenouille, il dépose sa main au fond et il rejette la terre sur elle en disant que sa main est morte, que sa main est dévorée par les vers, que sa main pourrit, que sa main est damnée, que le feu de l'enfer à belles dents dévore sa main qui souffrira éternellement. L'enfant porte son autre main à sa bouche, replie les doigts pour en faire une trompette, il gonfle les joues, et souffle :

— Tetoute, tetoute, toutoute, teta, teta, touta...

C'est la trompette du jugement dernier ! Les morts s'agitent sous la terre comme des dormeurs qui retiennent le sommeil fuyant. Philibert arrache sa main à la terre. Elle n'est pas pourrie. Elle n'est pas trouée par les vers. Elle n'est pas marquée par les crocs enflammés. Sa main est aussi neuve que l'autre.

Son père, à côté de lui, repousse de la terre qui tombe sur le cercueil avec un bruit sourd ; il chantonne, il n'a pas remarqué que les morts s'agitent sous leur drap de terre, il chante, il remplit la fosse

Philibert court à la maison, prend une poupée dans la boîte qui lui sert de lit, il revient au cimetière, il court entre les croix blanches et les épitaphes noires, il couche la poupée au fond de la fosse, il la recouvre de terre avec sa petite pelle, il termine son travail en même temps que son père qui a rempli sa grande fosse d'homme. Philibert fait une croix avec deux bouts de branche. Sa sœur tout en larmes cherche son enfant.

Philibert est heureux : on dirait de vraies funérailles.

* * *

— Maman ! Maman ! Je rêve !

Le silence et la nuit ont de grosses mains velues qui pèsent sur son cou. Philibert tremble. Il a peur. Il se lève, il titube de sommeil. La terre sous ses pieds est d'une immobilité éternelle. Il avance une main vers les hautes herbes, mais les tiges et les fleurs et les taillis et les épines se dérobent comme s'ils étaient devenus nuit. Il cherche son village. Il s'élance. Il court. Il trébuche. Il court. Sa respiration est dans la bouche d'une personne derrière lui. Il remonte la nuit comme un courant contraire. Il marche. Il court. Son village n'est plus là. Ni la montagne. Ni l'odeur de pain frais. L'enfant cherche dans les hautes herbes de la nuit comme s'il avait perdu une balle.

A l'endroit où se réunissaient les maisons du village, il ne reste que son père, grand, fort, qui jette les dernières pelletées sur un cercueil. La terre remuée fait une bosse qu'il aplanit en pesant du poids de ses gros pieds. Le père est tout noir, visage, mains et vêtements, dans cette nuit toute noire : les sueurs à son front sont noires aussi. Son père a enseveli le village entier.

— Maman ! je rêve.

— Tais-toi !

* * *

Philibert et son père courent dans la neige pour attraper un cochon, ils se moquent de ce gros tas de graisse ridicule qui essaie de se faire agile, qui fuit en pleurant des larmes d'enfant. L'animal s'embourbe dans la neige. Philibert et son père, sans hâte, s'asseyent sur son dos pour l'immobiliser, ils trônent comme deux rois fous et le père, empoignant une oreille, plante son grand couteau dans le cou de chair hurlante et le sang lui arrose le visage. Le champ entier devient rouge. La neige garde la couleur du sang jusqu'à la tempête suivante.

17

Le cochon crie pour défoncer les tympans du bon Dieu, mais Philibert et son père rient plus fort encore. Le cochon ne semble devenir silencieux que lorsqu'il est étendu sur une échelle verticale, le ventre ouvert et propre à l'intérieur :

— Faut que ça soit propre comme des fesses de sœur, dit son père.

L'eau bouillante fume, chuinte dans le ventre de l'animal. Et parfois la nuit, quand il vente, Philibert l'entend crier.

Les jours de tuerie, son père parle le matin, au petit déjeuner, entre les cuillerées de gruau qu'il happe en grognant. Arsène ne bat jamais les petits ces jours-là. Quand il revient le soir, les mains rouges, s'il court les enfants qui piaillent, ce n'est pas pour les gifler : celui qu'il aime le plus, ce jour-là, reçoit en cadeau la queue gelée de l'animal que la grosse main rouge et froide glisse dans la chemise.

Arsène aimerait trouver un emploi où il aurait à tuer des cochons ou des bœufs, ou n'importe quel animal. Il a, un jour, demandé à sa femme d'écrire à un abattoir de Chicago pour demander au Chef des tueurs s'il n'avait pas besoin du meilleur tueur du canton des Apalaches :

—Dans notre pays, il y a pas d'avenir. Tu peux pas tuer dix cochons par jour : il faudrait que les gens se marient plus ou qu'ils meurent plus souvent. Ou bien il faudrait une guerre. La guerre, il y en a une, mais c'est dans les Vieux Pays. Alors, on a la paix. Mais si j'avais eu dix ans de moins, puis moins d'enfants, je pense que j'aurais pris le train, puis je serais allé faire la guerre dans les Vieux Pays.

* * *

Quel plaisir a Philibert d'observer la langue coupée sur le plancher ! Elle est immobile. Elle est barbue. Soudain, elle se contracte. C'est ce mouvement qu'attend Philibert. Pourtant il sursaute de voir la vie dans la langue morte. La langue morte se replie, se soulève, elle voudrait vivre seule, s'en aller, sauter comme un crapaud, peut-être retourner dans la gueule du cochon ou s'enfuir jusqu'à l'horizon, ou peut-être s'envoler dans le ciel. Philibert se recule, la langue pourrait lui bondir à la figure, entrer dans sa bouche ; elle ne quitte pas le plancher de grosses planches usées : elle trémule, elle tremble, elle trépide. Philibert est fasciné, mais, malgré l'habitude, il ne peut s'empêcher d'avoir peur. Chaque contraction qui secoue la langue est un mouvement de vie qui n'est pas la vie, puisque le cochon a été égorgé.

Son père dit, de sa grosse voix qui siffle entre ses dents jaunes et qui se répand dans sa barbe de plusieurs jours :

— Ecoute, fils ; la langue parle. Ecoute.

— Qu'est-ce qu'elle dit ?

— La langue, veux-tu qu'elle dise des prières ?... Non, elle dit des choses cochonnes.

Le visage de son père se fend d'un rire qui lui vient des pieds, qui secoue et inonde son corps. Quelques mots apparaissent sur ses lèvres et refluent dans les rires : l'enfant comprendra plus tard.

Philibert s'assied devant la langue du cochon pour essayer d'entendre son langage. Chaque tremblement contient un mot. Il

écoute. La langue parle. Elle prononce
des mots grossiers. La langue du cochon
jure comme un homme. Durant des heures, assis devant la langue, le visage appuyé dans ses mains, Philibert écoute la
langue du cochon proférer d'énormes jurons,
des jurons qui font trembler le sol, tant ils
résonnent dans l'enfer. La langue dit tout
ce qu'elle connaît sur ce que les hommes et
les femmes font ensemble, dans les lits la
nuit, ou dans le foin ou la paille.

— Christ ! dit la langue du cochon.

Du fond de son âme, Philibert répète
le mot ; quand il sera un homme, il aura le
droit de jurer à voix haute, de blasphémer
aussi fort qu'il le voudra, comme son père
et tous les hommes ; il ne sera plus obligé,
quand il voudra insulter les saints du ciel,
d'aller se cacher dans les arbustes, au bout
du champ.

— Tétons, dit la langue.

Philibert pense à cette vertigineuse fosse
noire qu'il a vue dans l'encolure de la robe
de Madame Joseph, dimanche à l'église, quand
elle s'est penchée pour sa génuflexion.

Durant des heures, Philibert écoute la langue déclamer les mots défendus avec l'espoir qu'un jour il sera un homme. Puis, les mots s'espacent, peu à peu, le silence glace la langue qui cesse de bouger. Il est triste. Le silence fige sa propre langue.

*　　*　　*

C'est une vieille maison de bois que l'on repeint toujours en blanc pour effacer les années ; Philibert l'aime parce que, pour la trouver, il faut avancer dans un chemin presque secret de terre battue. Elle disparaît sous les feuilles des saules comme un œuf sous une poule. Quand la lumière du jour prend un goût âcre dans sa gorge, Philibert va vers cette maison, il marche sous le toit de feuilles parfumées qui chantent doucement pour lui, et le jour, alors, reprend sa fraîcheur.

Son grand-père, avec des mots rudes qui sentent la résine, reconstruit le passé et l'enfant Philibert frémit du plaisir de vivre pour pouvoir raconter, dans sa vieillesse, des histoires qui donnent aux enfants le désir d'être vieux.

Aujourd'hui, la grande main de la tristesse pèse dans son dos.

Il va vers la vieille maison de bois. Il reconnaît la route, le cailloutis. Les traces dans la boue du passage des voitures lui sont une écriture connue. Mais les saules sont disparus. Comme s'ils étaient rentrés sous la terre d'où ils avaient surgi bien avant que Grand-père ne soit un enfant.

Les saules ont été coupés.

Privée de leur ombre verte, l'herbe est blême, et au bout de l'allée dégarnie, la maison des grands-parents apparaît toute honteuse de son pauvre bois qui a la gale ; les rats ont rongé la maison à sa base. Un jour la maison s'écroulera ; elle n'a plus les saules pour donner à son bois le goût de ne pas mourir.

Inquiet et sans comprendre, Philibert pousse la porte avec autant de précaution que s'il entrait dans une maison inconnue ; ses doigts se serrent d'angoisse sur la poignée de porte qui crie à cause de la rouille. A l'intérieur, ses grands-parents sont assis à leur place habituelle, dans leurs chaises qui dansent comme des bateaux sur la mer du temps passé. Grand-mère brode un coussin : elle dit qu'elle fait un ciel sur son coussin. Grand-père crache. Des porcs fouinent dans la pièce. Philibert est étonné. Il veut sortir. Un cochon muet somnole, appuyé contre la porte. Un autre déboule dans l'escalier et son poids secoue la maison :

— Nous avons été jeunes, dit Grand-père.

— Nous avons été jeunes comme toi, dit Grand-mère.

— Nous avons été plus jeunes que toi.

— Maintenant, nous sommes vieux.

— Alors, avant de mourir, pour donner un héritage à nos enfants, nous avons vendu notre maison.

— J'ai eu dix-sept enfants dans cette maison. C'est ici que nos enfants sont devenus des hommes ou des femmes...

— Des religieuses, un prêtre, des cultivateurs... un vendeur, des soldats...

— Ou qu'ils sont morts...

24

— — Nous l'aimions, cette maison. Quand nous l'avons achetée, elle était vieille...

— Elle a rajeuni parce que nous étions jeunes...

— Nous étions jeunes... Nous l'aimions, notre maison...

— Nous l'avons vendue, car nos enfants aiment bien l'argent...

— Et les héritages...

Grand-père cherche ses allumettes pour rallumer sa pipe :

— Ils ont fait une porcherie avec notre maison, geint la vieille femme.

— On s'habitue aux cochons.

— On s'habitue à vieillir.

— Mais nous n'avons pas fini de vivre.

Grand-père bondit :

— Ils vont sortir leurs cochons ou bien sortir ma carcasse refroidie.

Il monte sur sa chaise, arrache sa carabine au mur, posée sur deux gros clous. Il ouvre une fenêtre et tire un coup. Les animaux sursautent.

—Nous, dit Grand-père, nous voulons vivre.

—A quoi ça sert de vivre ? dit Grand-mère.

*   *   *

Voici venir la procession. Sous les souliers cirés des dimanches, la rue est muette. Le soleil s'est arrêté dans l'ostensoir que le Curé porte à la hauteur de sa tête qui semble d'or étincelant. Dieu avance dans le village et sa lumière vibre sur le silence des toits éblouis. Les feuilles se font plus vertes et l'avoine se recueille. A la suite du Curé, Jonas Laliberté et sa femme marchent les yeux fermés. Ils n'ont pas l'impolitesse de regarder Dieu. Derrière eux, suivent, accompagnés de leurs parrains et de leurs marraines, leurs vingt-et-un enfants : le plus jeune est le plus rapproché de l'ostensoir et l'aîné en est le plus éloigné : chaque jour que l'on vit rend moins digne d'être près de Dieu. Les roues des vingt-et-une brouettes dans lesquelles sont transportés les vingt-et-un enfants tournent sans cris d'essieux ni bruits de cailloux sous les jantes. Les brouettes flottent dans la lumière qui les porte. Les enfants sont muets. De chaque brouette, des bras pendent ; plutôt que d'un corps, chaque brouette est remplie d'une pâte informe qui s'étire et s'épand, où flotte une tête aux yeux morts et au sourire bienheureux. Ces grosses têtes rondes rouleraient en dehors de la brouette et entraîneraient en tombant les corps sans os si les marraines, d'une main pieuse, ne les retenaient.

Jonas Laliberté et sa femme murmurent des prières. Ils doivent beaucoup à Dieu qui aurait pu ne pas bénir leur union en ne leur donnant que peu d'enfants. Mais Dieu, dans sa sagesse, a décidé de faire naître beaucoup d'enfants à Jonas Laliberté. Jonas et sa femme lui sont reconnaissants. Ils ont été élus pour être les protecteurs des vingt-et-un petits anges que Dieu a choisis dans son ciel pour les envoyer représenter sur terre sa justice et sa bonté. Jonas et sa femme rendent grâce avec ferveur. S'il l'avait voulu, Dieu tout-puissant aurait pu retirer le souffle à ces enfants qui naissaient mous comme de la

27

crème, a expliqué le Curé, mais dans sa grande sagesse divine que les mortels ne peuvent
comprendre, Dieu a insufflé une vie tenace à
ces petits anges qu'il a créés infirmes afin
qu'on les aime mieux. Jonas Laliberté et sa
femme marmonnent des ave maria pour dire
leur plus totale reconnaissance à Dieu.

Dans la rue du village que les femmes
ont balayée pour la visite divine, à la suite de
Dieu dans son ostensoir, les parrains poussent
les vingt-et-une brouettes remplies de chair
flasque, de têtes démesurées, de bras mous
qui s'emmêlent ; ils portent ces enfants qui
d'année en année sont venus rappeler à Jonas Laliberté que Dieu n'oublie pas son fidèle
serviteur puisqu'il lui confie ses tâches les
plus difficiles. Les parrains tiennent avec
précaution les brancards. Si les brouettes
étaient tenues moins fermement, les corps de
chair liquide s'écouleraient par terre comme
une eau sale.

Philibert s'approche de la route, un brin
d'herbe entre les dents. Il veut regarder
défiler la procession. Il aimerait se faire
promener en brouette comme ces vers de

terre à têtes d'enfants. Mais lui, personne ne le promène. Il est condamné à toujours marcher sur ses jambes. Ce n'est pas juste que les autres se fassent promener toujours. Il déteste ces monstres.

Après les vingt-et-un enfants Laliberté, viennent quelques bossus, puis ceux qui ont un pied bot et ceux qui ont une jambe plus courte que l'autre, suivis des estropiés : ceux qui ont reçu une scie circulaire dans le ventre, ceux qui se sont donné un coup de hache dans un genou, ceux qui ont la marque d'un fer à cheval dans le front, ceux qui ont eu une jambe broyée sous un arbre, ceux qui se sont gelé un doigt pendant l'hiver, ceux qui ont reçu un coup de faux dans les jambes, ceux qui ont un œil crevé ; enfin, d'un pas lourd, mais soumises à la volonté de Dieu, les veuves, tout en noir, marchent comme si elles étaient fatiguées. Tous ceux-là chantent :

Seigneur-Jésus, tu es mon Roi
Seigneur-Jésus, tu es ma loi
Seigneur-Jésus, tu vois ma foi
Jésus-u, Jésus-u-u, Jésus-u-u ! (bis)
Aie pitié de moi !

La suite de la procession traîne en silence : les vieux et les vieilles, le visage déjà éteint par la mort, ont un pas lent ; leur dos courbé porte sans doute un fardeau qu'on ne voit pas : leur trop lourde mémoire.

Se tenant un peu loin, parce qu'il n'ose franchir les quelques pas qui le séparent de la procession, l'enfant Philibert suit, sans prier, et les cailloux que son pied fait rouler ne sont pas silencieux : ils froissent, comme de l'eau, le silence de la cérémonie pieuse. Le cortège suit le chemin qui descend vers les villages de la plaine. L'enfant marche dans le champ qui longe la route, il gambade sans laisser la distance trop s'allonger entre lui et eux, il attrape des sauterelles, leur arrache les pattes et lance dans l'avoine les impuissantes petites bêtes. Le soleil, très haut encore, tient la terre entre ses bras de lumière. Doucement, le silence du cortège se transmue en une plainte longue, longue comme un vent triste au-dessus de l'avoine.

*   *   *

Dans les vêtements trop amples de son père, Philibert se hâte, il fuit. Il ne se souvient déjà plus de ce qu'il quitte. Il oublie l'effort qu'il fait à chaque pas dans la neige où il s'enfonce jusqu'au ventre. Il plane, toutes ailes offertes au vent. La neige a tout effacé. Il ne se souvient plus de son père, il a déjà oublié sa mère ; la neige a recouvert son village. Sa mémoire est une plaine blanche à perte de vue et ses pas impriment les premiers signes d'une vie. Son corps osseux d'adolescent est trop étroit pour son âme.

A chaque battement, son cœur dit : « loin », « loin », le sang répète le long de ses artères ce mot qui remonte comme un cri à sa bouche.

*   *   *

Le camion s'arrête. Philibert s'éveille. Le gros homme au volant le pousse en riant. Philibert saute. Ses pieds ne s'enfoncent pas. Il est au milieu d'une rue. La neige est brune. Il lève les yeux. Dix villages semblent avoir été jetés ici les uns par-dessus les autres, avec les maisons, les églises, les automobiles et les vieillards. Tout cela un jour s'écroulera : les fenêtres crèveront. Les murs tomberont, les briques pourriront une à une comme des pommes au pommier. Les rues se tortilleront et les vieillards essaieront de courir mais ils seront renversés par les autos. Une fourche lui traverse l'estomac : la faim.

Les murs reculent devant lui comme s'ils flottaient. La neige goûte la boue. Des gens marchent l'un derrière l'autre, se bousculent, la tête enfoncée entre les épaules. Ils sont des manteaux touffus et vivants. Une porte est ouverte devant lui. Entrera-t-il ? Un peu de chaleur lui essuie le visage. Il entrera. Il n'ose. Où cet autobus le mènera-t-il ? Il ne montera pas. L'autobus le conduira à un endroit d'où il ne saurait revenir. Mais il y fait chaud.

— Pourquoi leurs maudites villes sont pas faites comme des villages ? On se perdrait pas.

Il ne montera pas. Il va reculer, trouver un autre camion, et retourner d'où il vient.

— Baptême non ! Je retourne pas au village.

Au volant, le chauffeur lui fait signe d'avancer : l'homme s'impatiente.

Philibert, d'un signe de la tête, dit qu'il ne monte pas. Mais il reste dans l'embrasure. Le chauffeur sourit. Philibert devine que cet homme n'a aucune gentillesse.

La porte se referme. L'autobus s'élance. Philibert est coincé entre les deux portillons : la tête à l'intérieur et les pieds qui battent à l'extérieur. L'autobus file, semblable à un chat qui aurait un corps de souris entre ses mâchoires...

— Ouvrez ça, baptême ! Je veux pas y aller.

Un large sourire aux lèvres, presque bon, le chauffeur explique avec beaucoup de gestes qu'il fait en laissant son volant :

— C'est gratis ! Il y a que la Reine et le Pape qui paient pas leur ticket. Puis toi.

Dans l'autobus, les têtes ont surgi des manteaux. Les visages sont gros, ils ne sourient ni ne dorment : ils oscillent aux mouvements de l'autobus.

33

— Laisse-moi descendre ! Baptême ! Je veux marcher sur mes deux pieds !

Les visages luisent comme la pâte à tourtière quand sa mère y étendait le beurre fondu. Le chauffeur sourit sans nulle bonté.

— Que le bon Dieu, dit Philibert, te fasse pousser un chou-fleur entre les fesses et que le Diable y sème des vers à choux !

Il éclate en pleurs dans le carcan des deux portillons refermés sur son cou ; son veston glisse de ses épaules, mais il n'a plus froid dans l'hiver de Montréal.

Il déteste ses vêtements et leur odeur d'étable.

Philibert sera méchant pour vivre.

Les portes s'écartent brusquement, l'autobus s'immobilise, Philibert est projeté dans la boue, il est à genoux, mais il ne prie pas. Il ne jure pas. Il a faim. Il secoue ses mains pour les nettoyer du margouillis. Autour de lui, des fenêtres comme des visages indifférents. La faim, un rat furieux, le dévore. Le long de sa route, il a mangé de la neige. A Montréal, la neige est trop sale. En été, il aurait brouté l'herbe... Non, il n'y en a pas à Montréal. Philibert ne voit que des murs et des rues et quelques passants courbés dans une neige brune.

Ses pieds flottent dans un ruisseau vaseux.

Montréal sent l'huile. Les voitures roulent avec des cris. Une odeur de garage.

Les maisons semblent marcher en tout sens à côté de lui.

*   *   *

Une pelle est plantée dans la neige. Il la prend, la jette sur son épaule et s'enfuit. Il court entre des hommes et des femmes qui marchent la tête dans leurs foulards. Plus loin, il s'arrête, beaucoup plus loin. A grands coups de pelle, il entreprend de dégager le trottoir qui conduit à une maison. Ici la neige n'est plus boueuse. Elle est une poudre blanche dans laquelle les enfants peuvent glisser, rouler, dormir, ils peuvent la manger, s'y cacher. Mais Philibert ne voit pas d'enfants. La neige a une odeur. Le vent la lui ramène au visage. Il hume : elle sent la cendre. Quand le passage aura été taillé dans la neige, il ira demander son dû, et il trouvera à manger. Ses bras ont une ardeur qui ne lui serait jamais venue aux muscles quand son père lui demandait de l'aider. Devant cette maison, chaque pelletée de neige enlevée a l'importance d'un battement de son cœur.

Tout à coup, le chemin est dégagé. Le trottoir est bien proprement gris au fond de la tranchée découpée dans la neige.

Il hésite devant la porte de chêne.

Il a faim.

Une lumière s'allume derrière les carreaux de verre opaque. La porte s'entrouvre. Philibert pousse. La tête ronde d'un petit vieillard luit :

— Vingt-cinq cennes pour le pelletage, dit Philibert, en tendant la main.

— No beggars !

La grosse porte le repousse. Il n'a rien compris de ce qu'a marmonné le vieillard.

— Vieux Christ ! Si tu meurs cette année, moi je t'enterre pas.

A coups de pelle, et avec ses pieds, il rejette sur le trottoir la neige qu'il y a enlevée.

Combien de temps lui faudra-t-il porter cette pierre de feu dans son estomac ?

Devant la maison voisine, il s'attaque de nouveau à la neige accumulée. Le trottoir est long. La maison est éloignée de la rue. L'été, quand l'hiver n'a pas dévoré toutes les feuilles, la maison doit être cachée dans une musique verte qui chuchote.

Déblayé, le trottoir a l'air d'un tapis bien propre posé dans la neige blanche. Après qu'il a frappé à la porte, il sent bouger derrière, mais elle ne s'ouvre pas. Elle est aussi immobile que le mur de pierres. Il attend encore, puis il s'en va, sans rejeter la neige sur le trottoir qu'il a nettoyé.

Philibert, un peu plus loin, creuse un autre passage. Son veston est mouillé comme s'il pleuvait, mais la sueur devient de glace et dans son dos, il sent le poids rigide et froid de la laine. Il frappe à la porte. Un chien gronde. Il attend. Personne ne vient et le chien gronde encore.

Philibert lance sa pelle le plus loin qu'il peut. Il a faim. Qui lui donnera à manger ?

Il volera, il dévalisera quelqu'un. Auparavant, il essaiera encore de gagner quelques sous. Son père disait : « il est plus facile de gagner le premier sou que le premier million. » Philibert ne veut pas être riche. Il veut manger. Il retourne chercher sa pelle enfoncée dans la neige. Ses bottines sont remplies d'eau ; la neige fond autour de ses chevilles glacées.

Faudra-t-il déneiger tous les trottoirs de Montréal avant de trouver à manger ? Philibert pousse sa pelle dans la neige, relève des blocs fragiles que le vent émiette, les projette le plus loin possible. La pelle plonge avec un petit bruit rude, elle rebondit comme une bête, et la bête mord dans la neige et bondit et mord et bondit avec des soupirs qui viennent de la poitrine de Philibert. Tout à coup le trottoir est nettoyé ; Philibert se hâte, il frappe à la porte ; on ouvre :

— No. No. Sorry !

La porte se ferme comme une gifle à son visage. Il a envie de pleurer. Mais où pourrait-il s'arrêter pour pleurer ? Contre quoi pourrait-il s'appuyer pour laisser couler ses larmes jusqu'à ce que toute tristesse ait vidé son corps ?

Il a faim.

Dans ce quartier, il n'y a même pas de déchets qui traînent. Il n'y a même pas de croûtons gelés qu'on aurait jetés sur la neige pour les oiseaux. Il cherche des mégots, mais ces gens sont très propres et Philibert ne pourra pas mâcher du tabac pour tromper sa faim.

La rue s'allonge devant lui, elle marche aussi. Le mur des maisons muettes ne se dresse plus que sur un côté. De l'autre, derrière les piliers de quelques arbres nus, s'étend un parc de neige déserte. La pelle sur l'épaule, Philibert traverse la rue où les voitures avancent avec politesse. Il grimpe pardessus la clôture de fer. La glace dans ses vêtements ne le tourmente plus. Il sourit. La faim s'est endormie dans son ventre. Comme un enfant qui barbouille, il écrit dans la neige : avec une joie soudaine, des rires fous, avec une force qui marquerait le béton, Philibert incruste, de tout son poids, dans la neige, des lettres, des mots, une phrase qui

s'étend maintenant, comme sur une page
blanche, d'un bout du parc à l'autre. Alors,
il escalade la clôture, il saute dans la rue.

Et derrière l'ombre d'une fenêtre, une
vieille femme, le cou entouré de perles, lit
dans la neige des mots qu'elle ne comprend
pas : VOUS AVEZ UN CUL À LA PLACE
DU CŒUR.

*   *   *

Tout à coup, une porte devant lui s'ouvre.
Il n'ose faire un pas. La porte ne se referme
pas. Il pousse un pied, il tire l'autre, il bouge à peine. La porte reste ouverte et dans
l'embrasure une dame lui parle. Il ne comprend pas :

— Si vous parliez français comme tout
le monde, je vous comprendrais...

— Oh ! Poor boy... You don't speak
English... Are you an Italian ?

Philibert la regarde, ahuri :

— Italienne ? Baptême non, j'sus pas Italienne. Moi une Italienne ? J'ai jamais été
aussi insulté de ma vie...

Philibert tourne les talons.

La dame pose une main sur son bras. Ce gamin sale et puant qui a des gouttes de glace sur le visage, elle ne peut le laisser continuer sa route sans l'aider. Ses yeux sont rouges et enfoncés dans leur orbite : ils vont sombrer dans une rêche fatigue. Sa pâleur est extrême et ses vêtements sont si vastes.

Dieu, pense la dame, est bien cruel de jeter dans Montréal ces pauvres petits chiens abandonnés. Ils ont d'infâmes parents qui les laissent partir si jeunes, au lieu de les choyer. Ces enfants sont trop jeunes pour connaître le malheur de vivre. Ce jeune homme a-t-il mangé aujourd'hui ? Et il ne parle pas anglais. Quelle pitié ! Ces immigrants devraient apprendre la langue du pays avant de s'embarquer vers le Canada. Est-il Yougoslave ou Hongrois ?

De plus pitoyable que ce jeune homme à sa porte, elle n'a vu que son fils : il avait le même âge lorsqu'il était parti en riant, son sac à bagages sur l'épaule :

—Don't expect me for supper, Mom ! avait-il dit.

Il partait avec la Royal Air Force. Il n'est pas revenu. Mais sa mort a contribué à la libération de l'Europe. Il n'est pas mort pour rien.

Les yeux de la dame posés sur lui rappellent à Philibert les yeux de sa mère : elle le regardait souvent avec des yeux remplis de toutes sortes de choses qu'elle semblait voir autour de lui.

— Come in !

Comme il ne comprend pas, elle lui enlève sa pelle et la dépose contre le mur, puis lui tenant le bras, elle l'entraîne dans un long couloir qui mène à la cuisine. Elle le pousse près de la table, lui indique une chaise. Philibert saisit une brioche dans une corbeille. Elle lui verse du thé. Philibert prend une autre brioche et la pousse, entière, dans sa bouche. La dame éclate de rire.

— Ma maudite, si tu ris de moi, je ramasse ce qui se mange puis je m'en vais. Salut !

La dame le retient d'une main posée sur son épaule. Elle lui dit quelque chose ; elle ne se moque pas de lui, il le devine au ton de sa voix. Il avale sa tasse de thé d'une seule lampée. Elle lui en verse d'autre, elle apporte d'autres brioches. Philibert a la bouche juteuse du cafouillement de sa langue dans la pâte mâchée. La dame rit en disant quelques mots incompréhensibles. Il répond : « yes sir » à tout ce qu'elle dit. Il ne connaît d'autres mots anglais. Elle rit, mais sans faire de bruit : ses lèvres s'ouvrent seulement. Elle semble craindre de rire. Philibert a envie de dire de gros mots, quatre ou cinq jurons qui apparaîtraient dans la cuisine comme de gros ours ; mais elle ne comprendrait pas. Philibert se tait. Sous la broderie du déshabillé, la grosse poitrine semble sculptée dans de la pierre chaude.

Quand la corbeille est vidée, il a encore faim et la dame ne s'en aperçoit pas. Comment demanderait-il d'autres brioches pour se faire comprendre ?

— Yum, yum ! Yes sir !

Les joues de la dame se gonflent et les yeux brillent derrière la petite fente des paupières. Elle lui verse du thé qu'il boit en oubliant qu'il aurait préféré manger.

— Poor child...

Elle lui dit des mots qu'il ne comprend pas.

— Yes sir ! répond-il.

La dame le guide vers une autre pièce dont elle lui ouvre la porte. C'est une salle de bains comme il en a vu dans les journaux. Manipulant au hasard des robinets, il reçoit sur les épaules une chute d'eau froide. Il hurle de surprise. La dame appelle de l'autre côté de la porte. Son veston est tout mouillé. La baignoire se remplit à ras bord. Il ferme le robinet, se dévêt, il se recule, s'élance et plonge comme il faisait à la rivière Famine.

De l'autre côté de la porte, la dame frappe frénétiquement.

— Brise pas tout, la vieille, crie Philibert. Yes sir !

La dame entre avec un tas de serviettes pliées dans les bras : elle les jette une à une sur le plancher pour imbiber l'eau, elle les écrase avec ses pieds, mais elle en garde une dans ses mains, qu'elle déploie, une serviette bleue, ouverte, qu'elle pose sur les épaules de Philibert. Un grand feu doux l'enveloppe qu'une main tendre étend dans son dos. Son sexe soudain bat des ailes. Philibert courbe son corps sur ses jambes, ses mains retiennent l'oiseau fou. A genoux près de Philibert, la dame essuie son dos, sa poitrine, avec une attention très maternelle ; Philibert voudrait cacher sa nudité derrière un mur, il saisit le rideau de douche, le tire vers lui, il s'y drape. La dame recule de quelques pas, elle le regarde avec une douceur telle qu'il éprouve un picotement derrière les paupières. Il s'enfouit la tête dans le rideau. Quand il relève la tête, il voit la main de la dame doucement ouvrir son corsage, déboutonner jusqu'au bas sa robe, puis l'écarter sur une épaule et sur l'autre. La baignoire lui paraît avoir la profondeur de la mer. A la vue du corps de cette femme, Philibert sait qu'il n'a plus rien à apprendre de la vie

Entre les draps parfumés de la dame, ces draps brodés où elle ne ressemble plus à une vieille, ces draps plus doux que ses mains sur son corps, Philibert pleure comme un enfant triste de ne savoir pourquoi. Et quand sa puissance virile gonfle son corps

45

à le déchirer, il pousse un cri de nouveau-né.

Il sort ensuite dans la rue, sans se retourner ; l'air a ce parfum clair qu'il prêtait aux femmes de ses rêves, avant de savoir que les femmes suent lorsqu'elles aiment.

*   *   *

Il a neigé durant la nuit. Comment a-t-il pu ne pas s'apercevoir au premier regard que cette femme était si belle ? Il décide de retourner nettoyer l'allée de sa maison. Elle le verra, lui ouvrira, lui présentera du thé et des brioches, peut-être un peu d'argent. Ne lui a-t-elle pas donné des vêtements ? Malheureusement, son avare de mari n'avait rien laissé dans les poches. Le paletot n'est pas neuf mais il a l'air d'appartenir à Philibert qui semble avoir déjà fait fortune. La dame est si riche ; il lui expliquera qu'il ne peut dormir le reste de ses jours dans des églises, sur un banc, près de l'orgue. Elle s'attristera de son histoire. Non ; elle n'en comprendra pas un mot, mais elle l'invitera dans son lit puis ils riront beaucoup en se

46

courant dans la maison, elle, nue comme Eve au paradis, lui, portant le pyjama du mari. Il prendra sa pipe aujourd'hui.

Cette ville ne devrait pas s'appeler Montréal mais Bonheur.

Il empoigne une pelle abandonnée dans la neige, près du trottoir.

La pelle sur le dos, il est heureux, il danse en allant vers la maison de la si douce dame.

Les rues courent à travers la ville, s'allongent, se croisent, font des nœuds, écrivent des lettres que l'on ne pourrait déchiffrer que du haut du ciel, les rues prolifèrent comme du lierre sauvage.

Tout à coup, une rue a bougé imperceptiblement, une autre se replie avec un tremblement doux, il semble à Philibert que l'immense main de la ville se referme : il sera broyé entre ces rues si semblables, aux noms si pareils, aux maisons si uniformes.

Il ne sait plus où trouver la maison de cette femme qui a changé sa vie.

*   *   *

La vareuse ouverte au vent qui rebondit sur les édifices, deux soldats ,enlacés, marchent en zigzaguant sur le trottoir sans bousculer personne puisque l'on s'enlève devant eux comme s'ils étaient des rois. Les soldats hurlent plus qu'ils ne chantent une chanson que Philibert ne connaît pas. Ils éclatent de rire entre les mots, ils rient tellement qu'ils ont de la peine à chanter, les mots roulent dans les rires qui recouvrent leur chanson si drôle qui'ls en sont étouffés. C'est une chanson anglaise. God save the Queen, balbutient les soldats, mais Philibert ne comprend pas, il croit entendre une chanson grivoise. Il est temps d'apprendre ces chansons malpropres et ces histoires sales car on les lui cachait encore au village.

Il suit de loin les soldats, mais il tient à les entendre ; il rit, il s'en approche, il les épie, il rit avec eux, il imite sans le savoir le tricot fou de leurs pas. Tout à coup, il est avec eux.

—Qu'est-ce que tu veux, petit Christ ?

—J'suis pas un petit Christ ,répond Philibert. Moi, j'suis un petit ciboire.

Les deux militaires, interloqués, se laissent tomber contre un mur, et ils rient, ils rient, courbés, ils crachent, ils se frappent les cuisses pour scander leur joie ; s'ils continuent de rire, Montréal va disparaître sous leur salive joyeuse.

— Qu'est-ce que tu veux ? hoquette un des soldats.

— La guerre, dit Philibert.

— Quand on a une face de petite fille jamais torpillée, on cherche pas la guerre !

— La guerre, c'est nous ! Yes sir !

— Si y a pas un tabernacle d'Allemand dans la ville, c'est parce que Hitler leur a dit que Lavigueur et Lafortune sont à Montréal !

L'un des soldats s'approche de l'adolescent pour lui montrer un objet mystérieux, une photographie :

— Le jeune, chuchote-t-il en crachotant, veux-tu voir le cul d'Hitler ?

— Oui, dit Philibert qui tout à coup envie les deux soldats.

— Si tu veux lui voir le cul, regarde-lui la face, c'est pareil !

Titubant, le soldat Lavigueur recule un peu devant Philibert, puis il s'élance vers lui. Projetée en avant, sa grosse botte cloutée l'emporte, Philibert esquive le coup. Lavigueur s'affale dans la neige où il clapote. Lafortune, étranglé de rire, bégaie :

— Es-tu prêt à faire gauche droite ?

— Oui, répète le soldat Lafortune, es-tu prêt à faire gauche droite ?

Lavigueur, alors, se relève et il se jette dans la rue en marchant comme s'il paradait sur la place d'armes, avec des tiges de métal dans les articulations.

— Oui, s'enthousiasme Philibert, j'suis prêt à faire gauche droite.

Lavigueur et Lafortune lui font l'accolade, le lèchent, le bourrent de coups : ils ont découvert un frère.

— Gauche ! Droite !

Lavigueur commande, Lafortune suit, et derrière eux, triomphant, Philibert entre dans une taverne, ivre déjà avant d'avoir bu.

Il grimace au goût âcre de la première gorgée de bière, mais pourrait-il n'être pas emporté par les applaudissements, les cris, les bottes frénétiques sur le plancher qui acclament son premier exploit de vider un verre sans le poser pour reprendre souffle ?

Il boit.

Il boit autant que les autres.

Il boit aussi longtemps que ses amis.

Les verres s'entassent avec les bouteilles qui encombrent la table.

—Fais de la place, ordonne Lavigueur.

Philibert libère la table d'un revers de la main et les bouteilles et les verres éclatent, roulent par terre, s'entrechoquent, mais les rires couvrent tout ce vacarme du verre brisé.

Ils dérivent dans un fleuve de bière.

*   *   *

Soudain, Philibert aperçoit devant lui des gens frissonnant dans une rue gluante, des voitures dégoulinantes de boue qui éclaboussent les piétons. Sur ses épaules, il porte une vareuse. Il enfonce les mains dans les poches : des cigarettes, un portefeuille.

—Les calvaire de soldats vont courir : qu'ils me trouvent !

Aussi vite que ses jambes molles peuvent le porter, Philibert s'enfuit et il croit courir depuis longtemps lorsqu'il lit, devant son nez, en grosses lettres rouges : FORUM. Ce n'est pas possible. Il s'approche pour lire encore une fois, pour vérifier si les grosses lettres rouges forment vraiment le mot FORUM. C'est le FORUM.

—Baptême ! Je vais voir les Canadiens de Montréal en chair et en patins !

Il se précipite vers le guichet :

—Je vais te payer le prix que tu veux, mais donne-moi un billet, je veux voir les Canadiens.

Il grimpe en courant les gradins. La foule se lève, gémit, gesticule ; le gouffre, au fond duquel brille la patinoire, scintille des milliers de bouches ouvertes, des milliers de poings brandis. Des cris roulent en avalanche.

Les joueurs aux chandails colorés gravissent la patinoire comme des éclairs flamboyants. Malgré la bière qui lui gargouille dans les yeux, Philibert peut lire les numéros cousus au dos des joueurs. Voici le 9, le grand Maurice Richard, le grand joueur de hockey, l'homme qui a de la dynamite dans les poignets, l'homme-fusée qui traverse la patinoire comme un oiseau seul dans le grand ciel bleu :

—Baptême, c'est pas vrai ! La réalité est pas vraie ! Hostie ! Je vois Maurice Richard. Ça se peut pas. Je le vois pas !

Maurice Richard franchit la ligne bleue, puis la ligne rouge, il entre chez les maudits Anglais de Toronto...

—Tue-les !

Philibert se dresse :

—Tue-les, Maurice !

Maurice Richard atteint le but torontois.

—Choute ! Choute !

—Lance ! Allez Montréal !

—Tais-toi, maudite tapette !

—Shoot straight !

Sous les sièges, les pieds frétillent ; chaque pied s'imagine être dans un patin de Maurice Richard. Philibert voit un rire au visage de Maurice Richard : c'est l'éclair qui souriait avant de frapper !

Loin derrière, les joueurs de Toronto halètent. Maurice Richard est heureux. Dans les gants rembourrés, ses poignets se crispent et ses biceps se durcissent sous le chandail : Maurice Richard prépare son lancer. Un joueur de Toronto s'amène derrière lui, allonge son bâton vers une jambe de Richard, il le tourne, et, la jambe retenue par un crochet, Maurice Richard trébuche. Ces Anglais ne tolèrent pas que des petits Canadiens français comme Maurice Richard leur soient supérieurs.

Philibert, jurant de toute son âme, saute par-dessus la clôture et court sur la glace ; sans glisser, d'un pas ivre, il se faufile vers le Torontois qui lui tourne le dos. Les larges épaules rembourrées font un mur devant lui. Philibert lui tapote le dos. Le Torontois tourne la tête. Le poing de Philibert s'abat sur ses dents ; le joueur de Toronto oscille ridiculement, il ne trouve plus la glace sous ses lames, il bascule et s'allonge sur la patinoire, écrasé sous les rires énormes.

Philibert revient vite, il escalade la clôture, la foule applaudit mais il n'entend

rien ; des mains chaleureuses se posent dans
son dos, lui caressent les cheveux, il est entouré de tant d'amitié qu'il n'aura plus besoin d'être aimé du reste de sa vie.

Parce qu'il le voit à travers ses larmes,
Maurice Richard, en bas, sur la patinoire,
se meut avec une insupportable lourdeur.

*   *   *

Philibert ne trouve plus d'église. Tous
les temples de Montréal se sont effacés. Ils
ont sombré au centre de la nuit.

Où dormira-t-il ?

Il suit des rues comme si elles étaient
les traces de ses propres pas à travers une
forêt où il ne trouverait plus son chemin.

Où a-t-il dormi hier ? Il ne s'en souvient
pas, mais son sommeil était doux. Ce soir,
la nuit sur son corps a des épines.

*   *   *

Philibert est nu dans une grande salle
aux murs de briques rouges, sans fenêtres,

mais éclairée par de puissants projecteurs qui donnent une lumière sèche. Il est debout. Le plancher est si luisant qu'il y voit reflétées ses jambes, la tache noire de son sexe et sa poitrine. En face de lui, très loin, de l'autre côté de la salle, se tiennent, serrés les uns contre les autres, très rigides, des hommes vêtus de kaki, si semblables qu'ils semblent n'avoir pas de visages.

— Il est bien maigre, dit un homme habillé de blanc.

— Il a les pieds plats comme des œufs au miroir, dit un autre homme semblable.

A cause des rires qui secouent les calots, Philibert sait que les hommes en kaki ont des visages ; ils ont tous le même.

Un vieux militaire à longue moustache blanche s'avance avec des médailles qui sonnent sur sa poitrine ; ses bottes ferrées font résonner le parquet ; il ordonne à Philibert de le suivre. Philibert marche derrière lui avec tristesse infinie, jusqu'à la porte d'une armoire où il croyait avoir rangé à jamais les vêtements du mari de la grosse femme gentille qu'il aime.

Agrippé au mur, un escalier sans fin se tord, comme une plante folle, un escalier de fer glissant sous la pluie. Philibert se retourne vers le bas, puis il regarde en haut, il a l'impression de n'avoir pas monté une seule marche, l'escalier s'allonge sans cesse, Philibert grimpe avec ses deux caisses de carton où tintent les boîtes de conserves.

Les marches de l'escalier semblent s'éloigner l'une de l'autre, bientôt, entre chaque marche, il faudrait un escalier tant est grand l'espace qui les sépare ; « le Christ d'escalier », geint Philibert... S'il avait porté sa croix dans cet escalier, le Christ ne se serait jamais rendu au bout de son chemin. « Le Christ d'escalier... » Le Christ aurait lancé sa croix en bas, et cela aurait plané comme un cerf-volant au-dessus de la ruelle, les enfants se seraient écriés : « Regardez l'avion » ; la croix aurait heurté un mur, elle aurait rebondi sur un autre ; « le Christ d'escalier... » La croix aurait enfoncé une fenêtre et serait tombée dans un bol à soupe ou bien

sur un derrière farineux en train de se tré-
mousser sur une bonne femme gloussante.

— Le Christ d'escalier !

Philibert est-il condamné, pour le reste
de sa vie, à transporter des caisses d'épicerie
dans un escalier ?

Il jette les deux caisses par-dessus la
rampe. Les bras libres, il dévale l'escalier
comme s'il était poursuivi par le feu.

*   *   *

Ce n'est plus le temps de la neige. Le
soleil est dans le ciel, rouge comme le cœur
dans la poitrine du Sacré-Cœur. Philibert,
au milieu de la rue Sainte-Catherine, creuse une tranchée. Sa pioche, sa pelle, péniblement, rongent la rue Sainte-Catherine ; il brise le recouvrement d'asphalte, il
rejette la pierre concassée, la terre morte qui
sent l'huile ; la chaleur de l'asphalte lui brûle
les yeux ; ses bras, ses épaules frottent contre
les parois rudes de la terre durcie sous la rue
Sainte-Catherine ; de l'asphalte, s'élève une
fumée bleutée comme une tache d'huile ; la
rue a la respiration lente d'un ventre endormi.

La journée sera longue. Les coups de pioches arrachent des miettes de terre aussi dure que de la terre gelée par l'hiver ; mais elle est chaude, cette terre morte de la ville. Le trou peu à peu devient fossé, parfois Philibert regarde loin devant lui dans la rue, cette déchirure pourrait se refermer, la rue Sainte-Catherine pourrait se refermer comme les eaux de la mer Rouge, elle pourrait avaler Philibert acharné à creuser une tranchée à la largeur de ses épaules et de chaque côté de sa tête des roues sifflent, cinglantes, dans une odeur de caoutchouc bouillant, Philibert recule la tête, la roue vise son visage, Philibert ferme les yeux en donnant un coup de pioche dans la terre, la roue passe sans le toucher et il ne reçoit qu'une bouffée de fumée qu'il exhale aussitôt en crachant. La rue Sainte-Catherine est longue, de chaque côté des épaules de Philibert courbé sur sa pelle, des roues sifflent comme des scies circulaires, il écarte brusquement la tête, les roues passent et reviennent en claquant comme des fouets. La rue Sainte-Catherine est longue, et la pioche est lente dans cette terre changée en béton.

Sautent devant ses yeux deux bottes bien cirées ; il ne lève pas les yeux. Un homme lui parle. Philibert ne comprend pas cette langue, mais les mots pèsent sur lui, le poussent ; alors il accélère ses coups de pioche jusqu'au départ des bottes cirées.

La rue Sainte-Catherine est longue. Philibert n'est jamais allé jusqu'au bout. Un jour, il marchera jusqu'à ce que cette rue s'arrête quelque part. La terre est impitoyablement dure : quand le fossé atteindra la fin de la rue Sainte-Catherine, Philibert sera vieux. S'il n'arrive jamais au bout, c'est qu'une roue de voiture lui aura écrasé la tête qui, sur l'asphalte, dans le sang, ressemblera à un chat éventré, tandis que son corps sera allongé dans la tranchée, au fond, prêt à être enseveli. Au milieu de la rue Sainte-Catherine, Philibert creuse sa propre fosse.

C'est vrai !

Il le sait.

Il lance sa pelle sous un camion qui passe en grondant.

Il saute hors de sa tranchée.

Il court à travers la rue, comme un enfant, sans regarder.

Il disparaît dans la ville, loin de la rue
Sainte-Catherine.

*　　*　　*

Devant Philibert se dresse un mur brun
percé de fenêtres aussi sombres que la brique.
Très haut au-dessus de sa tête, les poulies
geignent dans les chapes. Il tire sur un câble
et sa force multipliée par les palans élève
l'échafaud dans le vent. Est-ce la plate-
forme qui oscille ? Sont-ce les murs ? Il pose sa main sur la brique. Tout s'immobilise.
Le mur est debout sans bouger. Il sent dans
sa main sur la brique le poids stable du mur,
cette force tranquille.

Le visage de Philibert est aussi sale que
sa brosse. Il voudrait briser les fenêtres,
percer un trou dans le mur, laisser glisser
le câble dans sa main, sentir la brûlure des
fibres, s'écraser comme un œuf dans sa salopette d'homme condamné à nettoyer les
crachats noirs du ciel de Montréal.

Il noue le câble solidement pour amarrer son échafaud ; sous ses pieds la mer des toits est houleuse et sombre.

Un vieil homme à barbe lui a donné un livret ce matin, rue Craig. Il ouvre sa salopette pour le tirer de sa poche. Le vent veut le lui arracher. Philibert lit entre ses doigts crispés :

— Les hommes ont besoin d'une raison de vivre. La vie est devant vous. Au moment où vous me lisez, la vie doit être belle.

— La vie doit être belle, répète Philibert, c'est un Christ de fou qui écrit ça.

Il abandonne au vent les feuilles imprimées.

Devant lui, les briques entassées sur les briques cimentées dans la suie, étendent leur mur de l'est à l'ouest, de la terre au ciel.

— La vie doit être belle...

Se mordant les lèvres, Philibert s'attaque à la brique comme si, au lieu de brosses, il avait des griffes aux mains.

— La vie doit être belle...

*   *   *

Les machines à tailler les semelles dévoraient le cuir à grands cris : elles se taisent. Le plancher de l'usine cesse de vibrer. Les ouvriers cherchent leur équilibre dans ce silence où leurs tympans se tendent à rompre. Sans parler, ils tirent de sous leurs machines des sacs de papier qu'ils ouvrent avec précaution comme s'ils craignaient maintenant que le papier froissé ne fasse trop de bruit. Ils se taisent. Dans leurs têtes ronronnent encore et règnent et crient les couteaux qui rongeaient le cuir. Et mordant dans son sandwich, Philibert se rappelle son rêve de la nuit précédente :

— Les gars , dit-il, écoutez mon rêve... Même s'il est pas cochon.

Les ouvriers sourient, heureux d'entendre une parole au-dessus des machines muettes ; l'ombre poussiéreuse a été chassée de leurs visages.

— Le Vieux, dit Philibert à celui qui a les cheveux tout blancs autour de sa casquette huileuse, ça fait combien de temps que tu fais des bottines ? Depuis la guerre ? Tu veux dire la première guerre ? T'as jamais

arrêté de faire des bottines ? Puis les autres
sont arrivés, et ils font des bottines, puis, moi,
je suis arrivé, et je fais des bottines. On aura
fait des bottines toute notre vie. A la porte
du ciel, quand on va y arriver, saint Pierre
va nous demander : qu'est-ce que t'as fait
dans ta vie ? On va répondre : j'ai fait des
bottines. Si saint Pierre est intelligent, il
va nous maudire en enfer. Parce que dépenser
sa vie à faire des bottines, c'est un péché
mauditement grave.

— Ton rêve ? demande le Vieux.

— J'essaie surtout d'avoir des rêves cochons, dit Philibert. Mais cette fois j'ai pas
réussi. J'ai rêvé que j'étais devenu une
bottine. Oui, oui, une bottine. J'étais une
bottine et je me promenais sur la rue Sainte-
Catherine, comme un homme. Une bottine
ordinaire. Croyez-moi, croyez-moi pas. J'é-
tais une bottine, mais je pensais comme un
homme. Je vivais comme un homme. Le
samedi soir, quand j'allais danser, au lieu de
me couper la barbe, je me donnais un bon
cirage. C'est fou. Christ ! Puis, quand
j'allais aux femmes, je me rangeais, bien

nerveusement, en dessous du lit. Quand je recevais mon chèque de paie, j'allais à la banque. J'allais au travail comme n'importe quel homme, je restais des heures debout devant une machine. Vous savez pas ce que moi, la bottine, je faisais ? Non ? Baptême, je faisais des bottines ! Tout à coup, j'ai commencé à me sentir mal à l'aise. Je me sentais l'âme écrasée comme un pied dans une bottine trop étroite. Je devenais triste. J'avais plus la force de me soulever ; je venais dans mon petit carreau d'espace à l'usine, mais j'allais plus danser ni aux femmes ; je traînais la semelle ; je commençais à pourrir. J'étais triste. Tout à coup, j'entends crier :

—Toi, là-bas, fais-toi valoir. T'es pas payée pour rêvasser.

Je me retourne. J'étais toujours une bottine ; je me suis élancé comme un sabot de cheval et je me suis enfoncé entre les fesses du contremaître. Je me suis réveillé à ce moment-là. J'étais plus une bottine, mais un homme. Mais je sentais encore le cuir . . . .

Ce matin, en me préparant à venir à l'usine, devant mon miroir, je pouvais pas me voir sans penser que même si j'ai l'air d'un homme, je suis une bottine. Hostie ! C'est pour ça que j'ai envie de botter le derrière à quelqu'un.

Le Vieux éjecte entre ses doigts un excès de morve :

— Tu veux botter un derrière ? A qui ?

— Au responsable, affirme Philibert, comme si c'était une évidence. Au responsable.

— Le responsable, dit le Vieux, c'est le bon Dieu, qui a fait le monde comme il l'a voulu, avec des riches et des pauvres, des petits comme nous, et des gros.

Philibert donne, sur le sac à sandwiches du Vieux, un coup de pied qui l'envoie voler sur un tas de retailles de cuir.

— Le bon Dieu, il est comme le patron, on le voit pas souvent. Il fréquente pas notre genre de monde, le bon Dieu... Moi je m'en vais ; je veux pas devenir une bottine. Dites-leur de m'envoyer ma paie.

La rue n'a pas son odeur habituelle de cuir humide et de colle ; elle sent bon.

— Philibert ! appelle une voix.

Il lève la tête. Dans une fenêtre, le Vieux le salue de la main. Philibert répond à son geste amical. Tout à coup, il a envie de retourner à l'usine, à cause du Vieux. Qu'a-t-il donc, ce Vieux puant, pour lui donner le désir de retourner dans sa prison ?

— Philibert, dit le Vieux, si ton père t'avait élevé, tu serais du bois pour faire un Premier Ministre.

— Je suis pas en bois, Vieux, je suis pas en bois, je suis, je suis...

Les mots ne lui viennent pas. Il regarde l'homme à la canne de l'autre côté de la rue.

Il marche vers la taverne du *Gros jambon*.

Devant sa bière, il attend le Vieux, il voudrait boire avec lui. Puis il ne l'attend plus. Et il l'oublie. Ivre, il est encore ivre, tellement ivre qu'il oublie toute sa vie.

Au réveil, dans sa petite chambre, il aperçoit un journal ouvert près de son lit, sur le parquet. Il ne se rappelle pas en avoir acheté un.

Une hache de douleur lui fend la tête. Les caractères du journal composent un ensemble gris, comme une ville aperçue de très loin, une ville grise, dans un brouillard noir, désordonnée, chaque petite lettre est une maison rivée à sa voisine dans un tricot inextricable, c'est une ville, une vraie ville, c'est Montréal.

Il entend le Vieux de l'usine lui dire :

— Si ton père t'avait élevé, tu serais du bois pour faire un Premier Ministre.

La tristesse pèse sur lui comme une ville.

*　　*　　*

Au guichet de la banque, Philibert a la main paralysée : ses doigts ne peuvent lâcher le chèque qu'il tend à la caissière, son bras ne peut faire avancer sa main et ses os sont trop longs ou trop courts dans ses jambes ; il veut parler, mais ses mots forment une mélasse lourde sur ses lèvres. Sa chemise trempée des sueurs du travail sent la pourriture sous les aisselles, la crasse du chantier dégouline sur son front. Les beaux yeux derrière la grille l'éblouissent. Quand les lèvres du beau visage doucement s'ouvrent dans un sourire, en même temps, les lèvres de Philibert reprennent vie :

— Change-moi mon chèque, beauté !

(Il parle fort pour se donner de la force.)

— Est-ce que Monsieur veut faire un dépôt ?

— Peut-être que oui, peut-être que non ...

La caissière s'impatiente.

— Si tu veux venir avec moi au Midway voir *Tarzan et les tigres affamés,* puis après, aller danser, alors je fais pas de dépôt. Mais si tu veux pas sortir avec moi, ou bien si t'es mariée, je dépose tout dans le coffre-fort.

La caissière lit le chèque d'un oeil professionnel, puis elle regarde les yeux de Philibert.

— Je finis à sept heures, précise-t-elle.

Revenant vers la banque, lavé, rasé, parfumé, Philibert est si grand que les édifices se rangent sur son passage. Il contemple la Savings Bank comme un légume de son jardin. La petite caissière apparaît dans la porte tournante, qui à cette heure est furieusement poussée par des gens pressés. Elle serre contre elle, frileuse, son manteau. Elle passe sans le voir devant Philibert hébété, elle saute dans une voiture qui bondit, portière ouverte, devant elle.

— Bout de bon Dieu à l'oignon !

L'automobile rugit d'impatience au feu rouge.

— Taxi !

Une voiture-taxi se range près du trottoir.

— Je veux que tu rattrapes la Pontiac jaune.

Il tire de sa poche un billet de deux dollars :

— Tiens : pour te donner de la force.

L'auto s'élance. Philibert est enfoncé dans sa banquette. Des voitures arrivent de tout côté. La voiture-taxi se faufile entre les phares violents. Elle atteint la Pontiac jaune.

— Qu'est-ce qu'on fait à cette heure ?

— Suis-les.

Les deux automobiles avalent les rues, sautent par-dessus les intersections, les feux rouges papillonnent, les deux voitures se cherchent, se fuient comme des amoureux éperdus, elles font des détours inattendus, ce sont des animaux furieux, elles grondent, elles crient, elles se tordent, les roues griffent la chaussée, les carrosseries semblent en feu.

L'asphalte est tumultueux. Les voitures hurlent, la Pontiac jaune et la voiture-taxi s'injurient, elles aboient, elles filent vers l'étang jaune du soleil où la Pontiac tout à coup tombe.

— Arrête, hurle Philibert, arrête ! dit-il en frappant dans le dos du chauffeur de taxi. Arrête !

La route, sous les roues qui freinent, a un gémissement de chair écorchée.

— Arrête ! Es-tu sourd ? Je veux pas me ruiner !

La voiture-taxi ralentit difficilement. Avant qu'elle ne soit tout à fait immobilisée, Philibert tourne sa poche à l'envers pour la vider de tout son argent.

— Je descends ici.

Il saute de la voiture qui n'a pas fini de glisser en criant sur l'asphalte. Devant lui, les Laurentides sont musclées comme des bras d'hommes. C'est presque l'hiver.

Il faut retourner à Montréal, rentrer dans sa nouvelle chambre où le propriétaire aura peut-être remplacé par des vitres le carton qui obstrue la fenêtre brisée. Philibert tourne le dos à la montagne.

Les voitures trouent l'air près de lui.

Il s'appuie contre la clôture. Les voitures nagent dans la nuit comme des poissons de lumière ; il ne sera pas heureux avant de posséder une Pontiac jaune.

Philibert se voit dans sa longue Pontiac jaune, il presse des boutons nickelés, la terre roule sous ses pas à la vitesse qu'il lui commande.

*   *   *

Ses mains hâtives déchirent l'enveloppe : elles tremblent.

Comment la lettre a-t-elle pu parvenir jusqu'à cette chambre où les conduites d'eau gargouillent avec des plaintes d'estomac affamé ?

lettre de maman

Sa lettre, devant ses yeux, tremblote comme la flamme d'une petite lampe à la fenêtre de son enfance. Il regrette d'être aussi loin de son enfance. Il regrette d'être aussi loin ; la vie là-bas l'attend dans une odeur de pain chaud. Les larmes lui montent aux yeux. La vie des gens qu'il a laissés est trop triste : c'est un cauchemar tranquille. Montréal pèse sur ses épaules comme une pierre, mais il est libre ! Il est libre tandis qu'au village, le ciel écrase les gens. A travers les larmes, Philibert lit des mots qui ont la forme de ce qu'il connaît le mieux, son village : « Mon cher enfant... » (Est-ce la main de sa mère qui a tremblé ? Est-ce sa main aux ongles noirs crispée sur la lettre ?)

« As-tu su à Montréal que ton oncle Fabien s'est fait ruiner par des voleurs de Montréal, trois qui parlaient seulement anglais, ils ont dit leurs noms mais c'est des faux noms alors on sait pas qui a ruiné ton oncle Fabien qui m'a dit que ça fait longtemps qu'il t'a pas vu et qu'il aimerait bien te voir, surtout qu'il dit que tu dois être devenu un

73

Monsieur avec une moustache, moi je lui ai dit : Philibert il est jeune, faut qu'il fasse sa vie, il nous oublie pas, il va venir quand il pourra. Ton oncle Fabien a hypothéqué sa terre qui était toute payée pour la raison que notre défunt père, ton grand-père, la lui avait vendue pour juste quatre-vingt-dix-neuf cennes à condition que la bru, la femme de Fabien, prenne soin du pauvre vieux et notre défunt père mangeait au lit avant de mourir et il renversait sa soupe aux pois dans les draps ce qui fait que la bru a insulté le pauvre Fabien jusqu'à la mort du pauvre père et Fabien travaillait sur la terre depuis l'âge de douze ans et l'avoine, si elle a poussé entre les roches, c'est à cause des sueurs de Fabien puis à cause que le curé venait bénir à l'eau bénite son champ chaque été parce que la bénédiction du bon Dieu est bien efficace pour l'avoine puis pour toutes les entreprises d'un homme, alors on peut dire que la terre de Fabien était à lui et que même s'il était le préféré du père, sa terre il l'a pas volée puisqu'il en a pris soin je dirais, aussi bien que du défunt père. C'était à lui

sa terre, au Fabien, tu te rappelles ou peut-
être tu te rappelles pas, mais il disait jamais :
mon champ va donner tant d'avoine, mais :
je vais donner tant d'avoine, il disait jamais :
ma vache a vêlé, mais : j'ai vêlé. Il avait
pas tort. Fabien, sa terre, il l'a perdue. Mais,
le pauvre Fabien, sa terre est plus à lui parce
qu'il s'est hympothéqué. Il a rencontré dans
le train pour Québec, celui, le long, qui passe
par Vallée-Jonction, trois Anglais qui parlaient juste anglais et qui venaient bâtir une
manufacture au village, chez nous. Fabien a
hympothéqué sa terre, il a signé un chèque
de cinq mille trois cent cinquante - deux
piasses et chacun des trois Anglais ont signé
un chèque semblable, ils avaient un peu bu
dans le train mais quand on voyage on voyage
et deux semaines après les trois Anglais sont
venus lui remettre son diplôme de vice-pré-
sident, vice, c'est pas le même mot que dans
ton catéchisme, Fabien avait un poste dans
la manufacture et il était pas en dessous des
Anglais mais un homme aussi important
qu'eux, puis le diplôme était signé par des
signatures officielles mais pas lisables. Alors

Fabien a réussi à vendre lui-même le bois nécessaire à la construction, les Anglais ont accepté parce qu'il leur avait donné une petite ristourne, on a rien si on paie pas, ça fait que pour payer sa ristourne Fabien a hympothéqué sa Ford et des camions sont venus de Montréal ce sont de gros camions rouges si tu les vois mais ils étaient conduits pas par des Anglais mais par des Canadiens français comme nous, ils ont pris le bois dans les camions qui avaient envie de s'écraser et Fabien a plus de Ford et il est obligé de payer sa terre comme si elle avait pas été payée par notre défunt père alors il a voulu prendre un avocat pour se défendre et il a été obligé d'hympothéquer ses vaches et l'avocat a vendu les vaches et après il a dit que les Anglais avaient agi dans la loi et on ne peut rien faire contre la loi et le pauvre Fabien dit qu'il a juste son zizi qui est pas hympothéqué et à son âge... Tu vois qu'il faut pas perdre la tête d'ambition. As-tu la grippe ou les emmaroïdes ?

Ta mère qui t'oublie pas et que tu oublies pas mais qui prie le bon Dieu pour toi.»

A cause des larmes qui voilent ses yeux, Philibert ne peut plus lire.

Il entrouvre le vantail. Il laisse tomber les miettes de la lettre chiffonnée parmi les kleenex que le vent roule dans la neige.

lettre

*   *   *

Les parcelles de la lettre voltigent, volent, tombent si longtemps que le sol semble n'être pas là pour les arrêter.

Philibert a oublié pour n'être pas triste. Il a oublié comme un voyageur abandonne peu à peu ses bagages afin que le chemin lui soit moins pénible. Il ne veut pas porter aux paupières le poids d'une larme qui n'éclôt pas.

Parce qu'il ne veut pas être triste, Philibert a recouvert son père d'un oubli plus épais que la terre humide. Il a oublié sa mère car il ne veut pas rencontrer son souvenir au coin d'une rue, ni voir son visage reflété dans une vitrine ou dans la suie des briques. Comment pourrait-il penser à sa mère et n'être pas trop triste pour vivre :

77

penser à sa mère, cette jeune fille frêle qui n'ose pas sourire sur la vieille photographie de l'album ? Comment Philibert aurait-il pu ne pas pleurer au souvenir de cette jeune fille qu'il n'a jamais connue ? Les enfants ont dévoré sa beauté comme des fourmis voraces. Les enfants se sont nichés dans son ventre, ont bombé son ventre et gonflé ses seins qui s'écroulent, ils ont grossi ses jambes que Philibert a aperçues sombres sous les jupes ; les nuits où elle n'a pas dormi ont déteint sur son visage ; des enfants morts nagent dans l'eau grise de ses yeux. Ses quatorze enfants continuent d'être pendus à sa poitrine comme s'ils n'avaient jamais été sevrés.

Quand Philibert tient dans ses bras un corps de jeune fille, il craint de briser le mince miroir où se reflète sa joie : une grosse et vieille femme pourrait en surgir.

* * *

Avant d'aller travailler, Philibert engloutit un sandwich. Son journal est ouvert à la page financière. Que signifient ces chiffres qui s'allongent en longues colonnes, toutes ces fractions, toutes ces lettres ? La page financière est écrite en français, mais il ne comprend pas mieux que si elle était écrite en polonais.

— Quand je pense à tout ce que je sais pas...

On gratte à sa porte. Philibert reconnaît la manière de son propriétaire. Le petit homme à la chevelure rousse l'appelle du doigt. Sa femme l'attend dans le couloir, en robe noire, comme toujours, mais aujourd'hui sa robe pend jusqu'à ses talons.

— Nous avons appris beaucoup de choses, chuchote l'obséquieux petit homme.

— Alors, continue la petite femme, nous avons décidé qu'il est temps de vous en apprendre encore plus.

— Venez...

Le petit homme ouvre une porte, celle de la chambre la plus paisible du rez-de-chaussée ; Philibert la croyait inhabitée. L'embrasure en est voilée par une tenture noire que le petit homme soulève d'une main

religieuse. Philibert hésite ; que lui veut-on ?
La femme le pousse maternellement. La
tenture noire a une odeur d'église. Philibert
l'écarte et entre. Une chandelle allumée fait
une pauvre lumière dans ce trou noir. La
porte se referme. Le penne claque. La
femme replace le rideau. L'homme et la
femme lui prennent chacun un bras et l'en-
traînent vers la chandelle qui vacille. La
flamme n'éclaire pas suffisamment, mais
Philibert soupçonne que les murs sont re-
couverts de tentures noires. Ils arrivent
devant une table à la nappe noire, sur
laquelle est posée la chandelle. Près de la
chandelle, une forme noire, une boîte.

— Maintenant, chuchote le petit homme,
vous allez devenir un homme.

— Maintenant, dit la femme, vous allez
apprendre la seule chose nécessaire à un
homme.

Parce qu'il n'est pas rassuré, Philibert
se moque :

— La seule chose nécessaire à un homme,
des filles me l'ont montrée avant vous.

Le petit homme lui colle sa main à la bouche :

— Ne blasphémez pas le jour de votre naissance.

Sa main laisse la bouche de Philibert, il se retourne vers la chandelle :

— Venez.

Eclairées par la lumière jaune, ses mains soulèvent le couvercle de la boîte noire. La femme approche la flamme au-dessus. Philibert sursaute comme si une chauve-souris lui avait effleuré le visage. Dans la boîte où se mélangent l'ombre et la lumière, Philibert voit un petit squelette blanc aux os minuscules.

— Qu'est-ce que c'est ? dit-il, se retenant de crier.

— C'est la vie, dit le petit homme.

— C'est la vie, répète la femme.

— On ne meurt pas.

— On ne meurt pas.

Le petit homme referme tendrement le couvercle :

— Agenouillez-vous, ordonne-t-il.

Philibert ne pense pas à lui désobéir. L'homme passe de l'autre côté de la table, et se place devant lui. Avec un regard infiniment dur — une dureté que Philibert ne lui connaît pas — l'homme étend les bras et crie d'une voix qui veut déchirer toute la ville :

— On ne meurt pas. On ne meurt pas. On ne meurt pas. On ne meurt pas. Le corps mis en terre est une graine de vie. On ne meurt pas. On ne meurt pas. La graine germe et il en sort un autre homme, un homme purifié de la vie. On ne meurt pas. On ne meurt pas. On ne meurt pas. Mourir, c'est vivre. Vivre. Notre enfant vit !

Philibert a les genoux rivés au plancher. Il n'a pas la force de se lever et de sortir pour cracher le dégoût qui lui gonfle la gorge. Il entend ses lèvres serrées répéter :

— Mourir, c'est vivre.

*   *   *

— Goddam papier !

— C'est un journal, boss ; pas un papier : c'est le Montréal-Matin.

— Throw away that Goddam paper !
Travaille. Money.

Le gros Papatakos, tout en cris, arrache
le journal d'entre les mains de Philibert. Sous
son nez, les doigts brunis d'ail et de tabac
simulent le geste de compter des dollars.

— Money ! Work ! That's the life !

La grosse main pousse Philibert au sous-
sol. Papatakos y a enlevé les ampoules
électriques. Il y fait une nuit d'avant la
création du monde. L'électricité coûte cher :

— C'est oune jobbe qui pout sé fére les
youx farmés, a dit le Grec à Philibert.

Le jeune homme a acquiescé pour faire
sentir qu'il avait beaucoup d'expérience dans
ce genre de travail.

— Si tou peux lé fére les youx farmés,
t'as pas bésoin dé la loumiére.

Philibert est condamné à peler les pommes de terre dans l'obscurité totale. Quand
il remonte pour son repas, la lumière assom-
brie par la vitrine huileuse du restaurant
Chez Papa lui égratigne les yeux.

Parfois, un éclat de rire, comme un
rat, lui saute à la figure : les rats, il les

entend ronger le long d'un mur, il entend leurs griffes s'enfoncer dans le bois des caisses abandonnées avec leur contenu de pourriture, ou il les entend fouiner dans les sacs de pommes de terre. Le rire provient du fond du sous-sol, de l'autre côté d'un mur que ses yeux, habitués à la nuit, devinent dans l'ombre solide.

De l'autre côté, une femme rit, souvent, avec des éclats stridents, un peu apeurée, un peu amusée, dirait-il ; chaque fois, il sursaute; et maintenant, quand ce rire déchire la nuit du sous-sol, Philibert lance une pomme de terre contre le mur. Le projectile rebondit et rien ne répond. Philibert continue son travail, la pelure poisseuse s'enroule autour de son poignet, la pomme de terre glisse entre ses doigts et pour oublier, il se raconte ce qu'il a lu dans le journal.

Le Gouvernement a construit un pont dans un plat pacage où ne passe ni rivière, ni ruisseau ; aucune route ne mène à ce pont, aucune route ne mène même au pacage. Le Ministre qui a ordonné sa construction a déclaré aux journalistes : « Notre parti vous a donné un pont, faites-lui confiance ; il vous donnera bientôt une rivière qui passera dessous ; il vous donnera de plus une route vers ce superbe pont, construit sur le modèle des plus modernes ponts en Amérique et qui est la preuve manifeste que les petits Canadiens français peuvent être des génies de la technique moderne. Voilà ce que nous ferons. Nous mettrons des bateaux sur la rivière, si vous le voulez. Notre parti veut que les Canadiens français du Québec aient du travail, sans rien enlever aux Anglais qui sont aussi chez eux au Québec. Nous n'acceptons pas que le Canadien français soit condamné au chômage dans la plus belle province du monde. Nous ferons des ponts où nous voudrons. La constitution de 1867 nous en donne le droit total et inaliénable. Notre parti construit, donne des emplois, des salaires, pendant que l'Opposition pleurniche, pendant que l'Opposition proclame que ce n'est pas une bonne idée de donner du travail à de bons pères de famille honnêtes et catholiques. Non, l'Opposition ne nous empêchera pas de construire des ponts ! Parmi ceux qui nous reprochent ce pont, il y a deux catégories de gens : l'Opposition ou les communistes. Etes-vous avec nous ou avec eux ? »

Philibert fait sauter dans sa main une pomme de terre : la cervelle du Ministre. Peut-être est-il très intelligent ?

Philibert a lu un autre article encastré dans la page des naissances et décès : « Un psychologue parle sans grands mots à notre peuple du Québec ». Philibert relit l'articulet dans sa mémoire aussi claire que s'il avait la page imprimée sous les yeux : « A la suite d'enquêtes et d'études très approfondies, nous pouvons savoir maintenant que le principal obstacle qui se dresse sur la route du jeune homme issu des couches inférieures de la société est la FASCINATION de l'échec. Le jeune homme issu des couches inférieures aime mieux l'échec que le succès : toute sa vie est consacrée à préparer son échec. Ce jeune homme n'a au fond de lui-même qu'un seul désir : se punir d'avoir eu une enfance défavorisée, et l'échec d'une vie, après une réussite relative, est une juste punition pour lui, selon les satistiques de la Michigan Institute ,of Psychology. En conclusion, disons que le jeune homme de milieu modeste devrait être informé tôt de ce danger. En parcourant le chemin de la vie, le jeune homme devra se demander souvent : suis-je en train de préparer mon succès ou mon échec ? »

Dans le sous-sol du restaurant *Chez Papa,* au centre d'une nuit pourrie dont l'odeur lui rappelle celle de la terre boueuse du printemps où son père creusait, Philibert répète : suis-je en train de préparer mon échec ?

Toutes les rues de Montréal le mènent donc à un échec. Quand il aura parcouru tous les chemins qui l'attendent et toutes les rues qui se tressent devant lui, Philibert s'écroulera d'épuisement, et il devra se dire : tout était inutile. Il porte en lui le fœtus de l'échec qui grossit, qui se nourrira de lui jusqu'à le dévorer de l'intérieur ; un jour, ce fœtus, quand il sera assez lourd, déchirera Philibert, sortira, roulera sur lui : l'échec l'écrasera comme une grosse pierre.

Philibert darde dans la nuit son couteau qu'il entend s'enfoncer dans le mur, et il grimpe, comme poursuivi par un chien, l'escalier qui conduit au restaurant. Il pousse la porte et se heurte à Papatakos dont le visage vert est envahi par de grosses bajoues qui sourient :

— Argent. Money ! It's pay day. Here's your money.

Le Grec tire de la pochette de sa chemise une petite liasse de dollars pliés en quatre, et les lui tend entre ses gros doigts qui ressemblent aux cornichons de ses vitrines, mais il ne les lui donne pas.

— Qu'est-ce que toé va fére avec toute cet argent ? Veux-tu toé aller direct au ciel ?

Les grosses joues s'approchent de l'oreille de Philibert et crachotent. Les chuchotements se changent en petits rires qui doivent faire danser les cafards. Philibert rit un peu. Papatakos s'est reculé pour attendre sa réponse ; il acquiesce. Alors Papatakos pose le bras chaleureusement sur l'épaule de Philibert pendant que ses gros doigts remettent, dans la pochette de sa chemise graisseuse, la petite liasse de dollars pliés que Philibert a gagnés cette semaine.

Papatakos conduit Philibert à la porte où il est écrit : Out of bounds — Administration. Papatakos lui ouvre la porte et le pousse paternellement. Le cœur de Philibert bat comme les ailes d'un oiseau qui s'enfonce dans le ciel, mais ses pieds tremblent en cherchant la première marche de l'escalier du sous-sol qui n'est pas tout à fait sombre. La dernière marche se perd dans un rideau humide et qui sent le tabac. Derrière, il devine une lampe allumée.

— Come in, dit une voix de femme indifférente.

Philibert pousse le rideau qui s'ouvre sur une glissière horizontale. Une femme allongée sur un lit, dans sa robe de chambre, ne lève pas les yeux de son magazine pour le regarder :

— Take off your clothes, ordonne la femme, entre ses lèvres serrées sur une cigarette.

Pour la convaincre qu'il ne tremble pas en la regardant et qu'elle n'est pas la première femme qu'il voit dans un lit, Philibert défait sa braguette ; mais il sait que la femme devine qu'à chaque bouton traversant la boutonnière, tinte, quelque part en lui, une grosse cloche triste. Le pantalon tombe le long de ses jambes. La femme dépose, sans l'éteindre, sa cigarette, elle pose le magazine près de son oreiller, et elle arrache sa robe de chambre. Recouchée, elle reprend son magazine et sa cigarette.

Remontant l'escalier, il a la sensation d'avoir le corps écorché. Il est triste. Quand cette femme était entre ses bras, il a pleuré d'être si peu heureux. Il a faim. Son salaire de la semaine, il l'a donné à Papatakos pour aller au ciel. Où ira-t-il prendre un repas ?

Le Grec le regarde revenir du sous-sol et un sourire verdâtre élargit son gros visage.

—Je vais aller te peler des patates, dit Philibert. Peux-tu me payer tout de suite après ?

—Go on, go on, young man, time is money...

Près de la porte du sous-sol est accrochée une photographie graisseuse que Philibert a regardée plusieurs fois en passant : c'est

une photographie prise au mariage de Papatakos. La joie rayonne en sourires niais
sous la vitre gluante. Cette fois, la photographie retient Philibert qui n'en peut arracher son regard. Au bras de Papatakos
se tient la femme, plus jeune mais très recon-
naissable, que Philibert vient de quitter dans
le lit du sous-sol.

Son cœur n'est pas soulevé par l'haleine
moisie du sous-sol. Il retrouve ses pommes
de terre. Le couteau fait un petit bruit humide sous la pelure qui glisse sur son poignet
comme un long ver.

Sous les solives, la nuit de ce sous-sol
semble de la grosse terre noire, puante et
lourde,qui aurait été renversée sur Philibert.

Dehors, il fait peut-être soleil, et des
gens vont et viennent, se hâtent et flânent,
des milliers de pieds passent au-dessus de sa
tête, dans la ville. La vie n'est pas pour lui.
Il est enseveli pendant que les autres sont
heureux.

De l'autre côté de la nuit, de derrière la
cloison, un gros rire explose. La femme n'a

pas ri quand elle était avec Philibert. Pourquoi rit-elle maintenant ?

Il saisit une poignée de pommes de terre et bombarde le mur où elles s'écrasent, il lance son couteau quelque part, il s'élance dans l'escalier, pousse la porte comme s'il voulait l'arracher, et il s'approche de Papatakos. Plaçant solidement les pieds sur le plancher, bombant la poitrine, il annonce :

— Je m'en vais.

Papatakos ne comprend rien, il grimace, mais il ne rit pas : il s'essuie les mains sur sa chemise luisante d'huile.

— Papa . . . takos, dit Philibert, je m'en vais, parce que, si je te regarde, je sais pas si c'est ta face que je vois ou si c'est le derrière de ta femme.

Dehors, il crache à la face du printemps.

*   *   *

Pour manger, ce soir, Philibert a vendu sa montre. Il pignoche une omelette au jambon refroidie qu'il n'aime pas. Il n'aime ni le jambon, ni les œufs. Sa fourchette délaisse l'omelette et fait tinter les bouteilles de bière vides devant lui. Il parle. Il est seul dans un coin où la lumière jaune du *Leonardo da Vinci pizza hot dog* devient grise :

— Qui va me prouver que je suis sur la terre pour peler les patates de Papatakos ? C'est pas juste. Si la justice était juste, il faudrait que tout le monde pèle des patates. Mais ça ferait trop de monde dans le sous-sol. C'est seulement au ciel qu'on peut trouver une justice juste ; mais, on peut pas trouver le ciel. Le ciel, il y en a pas. Pas plus que j'ai de tétons. La femme de Papatakos en a de gros, mais ça veut pas dire qu'il y a un ciel...

Près de sa table, trois visages l'écoutent avec une religieuse attention comme si sa voix était celle de leur propre pensée :

— Les Anglais ont fait la guerre parce qu'ils avaient des usines. Ils fabriquaient des chars d'assaut, des mitrailleuses et des fusils. Alors ils chiaient des crottes en or, comme le saint chien de la servante du Curé. Les Canadiens français, ils voulaient pas la guerre : ah ! non, hostie, ils avaient peur de la guerre comme du diable. Eux, les Canadiens français, ils avaient pas d'usines, pas d'armes à vendre, pas de bottines, pas de canons. Ils voulaient pas la guerre parce qu'ils avaient peur de perdre leurs deux bras, leurs deux jambes et ce qu'il faut pour cultiver leurs femmes. Un jour, les Canadiens français auront des usines à eux. Alors, pour que les usines tournent, les Canadiens français feront la guerre aux maudits Anglais. Puis, quand il y aura plus un maudit Anglais, les Canadiens français se feront des guerres entre eux. Alors, hostie, les Canadiens français aussi chieront des pépites d'or.

Il vide un autre verre.

—J'aurais voulu faire la guerre pour m'en aller loin, sauter le mur... On m'a donné la vie sans que je la demande, comme un coup de pied au derrière. Depuis, je me demande pourquoi.

Philibert se tait. Les battements de son cœur résonnent dans ses tempes, mais son cœur bat pour rien, ses mains se sont pour rien durcies à toutes les tâches pénibles, il respire pour rien, il est né pour rien,

il se soûle pour rien, c'est pour rien qu'il
a quitté son village où les gens mouraient
pour rien comme des arbres secs ; ces
gens ont fait des enfants pour rien, ils ont
été pauvres et craintifs pour rien ; le long
chemin qui a conduit Philibert à Montréal
ne l'a mené à rien ; et c'est pour rien qu'il
revient chaque soir dans sa petite chambre
avec le goût âcre de sa journée de travail
dans la gorge : un goût à faire vomir comme
s'il avait léché de sa langue les rues poisseuses de Montréal :

— On vit. Puis, tout à coup, on meurt.
Si t'es riche, ton cœur pourrit comme une
vieille patate. Si t'es un pauvre, tu te fais
écraser par un autobus, ou bien un camion...
t'es aplati comme une punaise... Euh !
Christ !... Qu'est-ce que je voulais dire ? Ç'a
pas d'importance : que je parle ou que je me
ferme la gueule, la terre va rester sous mes
pieds, la lune va rester en haut comme une
hostie de grosse fesse de nonne blême.

* * *

Philibert est à genoux sur le plancher du
Leonardo da Vinci pizza hot dog. Son pan-

95

talon est mouillé par l'eau savonneuse répandue sur le linoléum.

Sa main s'endort dans le torchon visqueux qui va et vient, son ombre suit ses mouvements sans se confondre tout à fait avec le linoléum gris.

Derrière les rideaux tirés, à la lumière pauvre de la lampe que l'Italien lui permet de laisser allumée, Philibert essaie de revoir des visages de femmes mais il semble que le torchon humide efface aussi leurs images. La main de Philibert rampe sous les tables, glisse entre les pattes, s'enfonce sous les banquettes, il murmure des prénoms mais les prénoms refusent de prendre leur forme charnelle dans cette nuit de sa mémoire. Philibert est seul. Il est triste d'être si seul et fier d'être si triste : ainsi, il peut injurier la vie. Personne ne l'aime. Il n'en souffre pas. Les animaux des champs ne s'aiment pas. Pourquoi les hommes devraient-ils s'aimer ?

Quand il a ramassé les mégots, effacé les traces de boue et les taches, Philibert replace les chaises puis, dépliant le journal qu'il porte toujours dans sa poche, il s'assied devant le tiroir-caisse à la place du patron, il allume une cigarette et pendant que la ville dort, il lit comment les choses très simples deviennent inextricables.

Le monde ne cesse de mourir et ne cesse de naître. Les hommes ne veulent pas guérir leur mauvaise volonté.

* * *

TANCRÈDE PAPINEAU.

Philibert lit en grosses lettres rouges ce nom qu'il n'a jamais entendu. Sur l'immense affiche, le visage de Tancrède Papineau est insignifiant : une motte de terre blanchâtre que la vie n'a pas modelée. Cheveux lissés, yeux absents, moustache mince. « L'homme de l'avenir », dit l'affiche.

Debout devant ce portrait, une vingtaine d'individus attendent, fument, piétinent. Ils parlent peu. Ils sont venus, comme lui, après avoir lu une petite annonce dans Montréal-Matin.

Un homme ventru aux petites mains blanches survient avec une fougue de général :

— Vous savez que le peuple va élire ses chefs demain ?

Il brandit un poing accusateur vers l'affiche de Tancrède Papineau, puis bondissant, il l'arrache du mur, la chiffonne furieusement et la déchire :

— Tancrède, nous te passerons au hache-viande ! Pas de questions ?

Quelques toussotements d'impatience ; ces gens se sont présentés pour un emploi, non pour poser des questions.

— Descendez à la salle 129. On vous donnera des sacs. Dans les sacs, il y a des photographies de Tancrède. Il faut les distribuer. Partout.

— On est payé combien ? demande un fumeur de pipe.

— Honnêtement. On comptera vos sacs vides. Trichez pas. Il faut distribuer les photographies une à une, de porte à porte. Faut pas les fourrer à la poubelle. Vous serez surveillés.

— On est payé dans la semaine des quatre jeudis, ou bien aujourd'hui ? dit Philibert.

— A cinq heures, venez au *Midnight Café*. Vous serez payés en argent vrai. Il y aura quelques femmes pour ceux qui lèvent pas le nez dessus. Des femmes du Parti.

Comme ses compagnons qui vont s'éparpiller dans le quartier, Philibert s'accroche un sac à chaque épaule, il court, s'essouffle dans les escaliers, zigzague dans les rues d'une maison à l'autre, il insère la photographie dans les boîtes aux lettres, il la glisse sous les portes, il s'engage dans une autre rue ; ses sacs sont vides. Une voiture le suit : dans le coffre, d'autres sacs l'attendent. Au volant, un œil l'observe.

Quelques heures plus tard, chaque électeur a vu la photographie. On a ri. On a été scandalisé. On a été déçu. Ou révolté.

La photographie montre Tancrède Papineau nu, derrière ses lunettes, dans le lit d'une jeune comédienne de la télévision. A l'endos, Josette Latendresse a écrit : « Votez pour mon Tancrède. Il sait faire les choses. »

Personne assurément ne votera pour cet hypocrite, ce dévoyé, ce maniaque sexuel, l'infâme Papineau.

Les photographies roulent dans les rues et dans les cours d'école où le vent les pousse. Les gamins les ramassent avec des rires canailles.

Philibert rentre dans sa chambre ; il est heureux car on l'a payé.

Demain il ne votera pas :

— Ma croix sur un bout de papier changera pas le monde. Il tourne comme il veut.

*   *   *

Philibert pousse le bouton de la sonnette englué dans une souillure de graisse. S'ouvrant, la porte déchire l'ombre rance. Il se trouve en face d'une montagne ; au sommet, dans un nuage de barbe noire, un visage.

— Je... Ja... J'ai lu votre annonce dans... la *Presse*.

— Knock me ! tonne la voix de la montagne.

Philibert pense avoir mal compris.

100

— Frrrappe !

La montagne s'agenouille, la grosse tête descend au niveau de Philibert. L'haleine projetée empuantit comme un camion d'éboueur.

— Frrrappe-moi !

La broussaille de cheveux et de barbe ne dérobe pas entièrement le visage taché de cicatrices bleues :

— As-tu peurrr de frrrapper ?

Le poing de Philibert heurte un rocher de chair. De peur d'être mis en miettes, il détale dans l'escalier. La montagne déboule derrière lui. Il sent dans son dos l'énorme souffle, la chaleur âcre, il est saisi à l'épaule.

— Sais-tu conduirrre automobile ?

— Oui

— Tu es brrrave. Tu es le chauffeurrr prrrivé de Boris Rataploffsky, la Neuvième Merrrveille du monde.

*   *   *

Radieux de dignité, le chauffeur privé de la Neuvième Merveille du monde s'assied au volant dont il sera le maître désormais. La cabine du camion ne pourrait contenir son immense patron. Le géant voyage à l'arrière, dans une loge à sa mesure. Il a fait construire sur le chassis du camion une boîte en contreplaqué percée sur les côtés d'une petite fenêtre décorée de rideaux que la saleté alourdit. Son trône est fait de deux fauteuils qu'il a assemblés, cloués et cousus. Sur la loge peinte en rouge, se découpent de grosses lettres blanches : *L'Homme au visage d'acier* ; en lettres plus petites : Boris Rataploffsky ; et en plus grosses lettres : *La Neuvième Merveille du monde.*

Comment Philibert ne serait-il pas fier ? Son véhicule est le point de mire de la ville de Montréal. Les gens s'arrêtent, se retournent sur son passage ; les automobiles ralentissent, freinent brusquement, risquent des accrochages pour regarder ce camion qui porte la Neuvième Merveille du monde. C'est la première fois de sa vie qu'il est fier.

Une clochette tinte derrière sa tête. Boris Rataploffsky a donné le signal. Le camion s'arrête en face de la taverne *Comme chez vous*, Philibert se précipite vers l'arrière, il ouvre les portes. L'Homme au visage d'acier descend avec la majesté de Dieu qui vient de créer la terre. Quand l'énorme pied se pose, Montréal semble s'enfoncer.

Précédé de Philibert, Boris Rataploffsky avance dans la taverne ; son gros ventre tangue au-dessus des tables et des chaises bousculées :

—Garnis la table ! ordonne Philibert étonné de son autorité.

Le vieux garçon de table apporte consciencieusement plusieurs plateaux remplis de verres de bière qu'il dispose de manière à couvrir la table. Autour du géant et de Philibert, les discussions les plus animées se sont éteintes.

Le petit doigt levé, Boris Rataploffsky boit les verres l'un après l'autre, rangée par rangée, très soigneusement, sans renverser une goutte de bière ; il les vide comme s'il aspirait une bouffée d'air. Personne n'ose plus boire. Dans la taverne *Comme chez vous*, la vie s'est arrêtée. La table du géant est couverte de verres vides où la mousse fait des broderies fines.

—Go on, my boy ! dit le géant.

Philibert ajuste sa casquette et se lève :

—Ladies and gentlemen. Mesdames et Messieurs ! Vous voyez devant vous le seul, le grand, le génial Boris Rataploffsky, l'Homme au visage d'acier, la Neuvième Merveille du monde, l'athlète préféré de la Reine d'Angleterre ; il reçoit une pension du Roi du Brésil ; le Roi de Hongrie ne voulait pas passer dans l'autre monde sans voir Boris Rataploffsky.

Le géant tousse. Quand il s'impatiente, il tousse. Philibert se hâte :

—Pour ce géant, vos coups de poings se comparent à des pets de poux ! Mesdames et Messieurs, profitez de la chance que vous avez de frapper un géant. Une piastre vous donne le droit de le frapper dans un œil ou sur la bouche ; cinquante cents vous donnent droit de frapper sur le nez et vingt-cinq cents vous donnent droit de frapper ailleurs dans le visage. Attention. Ne vous faites pas mal ! Avancez ! Avancez ! Payez ici. Nous ne reviendrons pas. Frappez le géant! Les tapettes, appelez vos mamans!

Boris Rataploffsky rêve dans ses coussins de chair.

— Venez! Venez! Ladies and gentlemen! Le géant vous fera pas de mal. Son visage d'acier sent pas la douleur.

Un client s'approche en retirant sa veste :

— J'vais réveiller ce gros ciboire de tas de viande endormie.

Le brave donne un dollar, il remonte avec fierté la manche de sa chemise, il s'approche devant l'Homme au visage d'acier ; de son autre main, il caresse son poing, il piétine comme le cheval qui va ruer, le poing se déroule, se roule, se crispe, aigu, dur de toute sa force ; tout à coup le poing atteint le géant. Craintif, le client est déjà loin. Le géant dort.

La main de Philibert s'emplit de billets et les poings tombent en avalanche sur la montagne insensible. Rien ne trouble l'ombre du visage.

Les clients s'épuisent à frapper. Ils en ont de moins en moins la force. Ils rient. Le géant est absent de lui-même.

Soudain, une petite goutte de sang pointe à travers un sourcil.

— Baptême, s'affole Philibert, c'est pas vrai qu'il a la face en acier !

Il crie avec de grands gestes :

— Watch out ! Let's stop.

A la suite de Philibert qui a les poches lourdes des sous accumulés, la Neuvième Merveille du monde quitte la taverne. Il monte sans un mot dans sa loge du camion rouge dont les ressorts s'aplatissent.

Philibert remet la cueillette dans ses mains tendues. Un sourire bouge dans sa barbe. Philibert referme la porte de la loge.

*   *   *

Philibert a cassé une vingtaine d'œufs, il a coupé en tranches un saucisson, il a ajouté des oignons, des piments verts et des rouges, de la crème, il a mélangé le tout dans une casserole avec ses mains puis il l'a fait cuire sur la cuisinière au gaz qui n'est plus gluante depuis qu'il l'a nettoyée.

La Neuvième Merveille du monde mange l'omelette avec un enthousiasme d'enfant. Philibert ne s'habituera jamais à sa puissance. Quand l'Homme au visage d'acier parle, Philibert frémit comme la maison de son enfance tremblait dans le vent.

— Monsieur Rataploffsky, j'ai une idée.

— Une idée ? Montrrre-la-moi.

Philibert s'explique : la Neuvième Merveille du monde a tort de se manifester dans les tavernes presque désertes et dans de misérables restaurants où les voisins se réunissent pour fumer. Seules les grandes arènes sont dignes de présenter une attraction aussi spectaculaire que l'Homme au visage d'acier. Au lieu de recommencer son spectacle plusieurs fois par jour, Boris Rataploffsky pourrait gagner plus d'argent en s'exhibant dans de grandes arènes, devant des foules délirantes.

Le géant applaudit :

— You're my man. Tu es mon homme. You'll be my manager.

— OK.   Maintenant je m'appelle Phil.
Monsieur Phil. Mister Phil. Manager ! Baptême, je me crois pas.

*   *   *

Du printemps à l'automne, le camion
rouge conduit la Neuvième Merveille du monde de Montréal à Gaspé, de Rouyn à Sher-
brooke. Il est partout accueilli comme un
roi. Son manager lui a conseillé de se couvrir d'une cape dorée sur laquelle il a fait
écrire *l'Homme au visage d'acier*. Dans les
villes, il est entouré d'enfants, d'adolescents
boutonneux et de vieillards qui ont tous le
même âge devant lui, qui se bousculent, s'é-
tonnent et se chamaillent pour toucher à la
Neuvième Merveille du monde, qui s'exta-
sient, qui doutent, qui discutent. Si le géant
lève la main, ils reculent.

Phil toujours précède son patron. Il
s'emploie à faire semblant de chasser les im-
portuns. Chaque fois qu'il le peut, il raconte
qu'il a, la veille, refusé de vendre le géant
pour la somme de trois cents mille dollars

à des managers américains : « on a trop vendu aux étrangers nos richesses naturelles »,
conclut-il.

Le long des routes qui lient les arènes,
dans des forêts interminablement pauvres ou
dans des prairies infiniment plates, le géant
chante. Phil ne comprend pas les mots de
ces chansons étrangères qui font vibrer la
loge du géant, mais il sent que ce sont des
mots de joie.

*   *   *

Au centre du ring dont les cordes ont été
repeintes en blanc pour sa venue, l'Homme
au visage d'acier se tient immobile sous le
bombardement des poings. Ce volcan dort.

—Approchez ! Approchez ! crie Phil dans
les haut-parleurs. Venez frapper un plus
gros que vous ! Venez.

Autour du ring, des enfants, des ouvriers
blafards, des bûcherons musclés, des collé-
giens tousseux, des vendeurs aux cheveux
gommés, des dames distinguées s'impatien-
tent, tressaillent, parient ; ils montent sur le

ring, saluent la foule et frappent. A chaque coup répondent des applaudissements joyeux. Ils paient et recommencent deux fois, trois fois. Le plaisir grandit. Les dames distinguées n'enlèvent pas les bagues de leurs petites mains féroces.

Une rougeur apparaît parfois à l'arcade sourcilière du visage d'acier ; une ancienne blessure s'ouvre, une plaie mal cicatrisée. Un peu de sang coule. Alors les poings se déchaînent, ils attaquent de tout côté le visage d'acier, ils frappent comme s'il fallait détruire pour vivre, comme si le visage du géant était un mur de prison. A chaque coup, ils ont plus de force. Le géant toussote. Les poings s'acharnent comme sur un fauve vaincu.

Dans les estrades ébranlées, on trépigne, on hurle de joie, on danse. Phil ne réussit pas à ramasser tous les billets qui planent comme des oiseaux fous autour de sa main. Il est impuissant à contrôler les clients ; la foule grimpe comme un peuple de fourmis, elle prendra d'assaut le trop bon géant. Ils sont dix à le frapper sans arrêt, et sans payer. Phil crie :

—Payez ici ! Payez ici ! C'est pas cher !

Tout à coup, la Neuvième Merveille du monde se dresse avec des cris comme s'il crachait du feu. Avant que les murs n'en aient tremblé, il saisit devant lui un gros homme et le projette parmi les spectateurs où il se broie comme un œuf. Le géant a déjà empoigné trois autres hommes ; il les lance vers le plafond. Quand les trois malheureux retombent au plancher, la montagne en colère roule sur eux avec la force d'un éboulis.

La foule est muette.

Les femmes pleurent.

Les amoureux laissent la taille de leur amie.

Le géant s'approche de Phil, il pose sur son épaule une main lourde comme un bœuf. Du sang coule de sa bouche.

—Tu es un bon fils, grogne-t-il. Don't forget.

De grosses larmes se mêlent à son sang.

L'Homme au visage d'acier **descend** du ring et se dirige vers une porte de sortie. Il bouscule, écrase comme herbe tout ce qui est devant lui.

Les gradins de madriers sont construits au bord d'un lac très doux. Le géant marche sur la rive, il monte dans une chaloupe qui, sous le fardeau, s'enfonce presque tout à fait dans l'eau.

Phil appelle :

—Attendez-moi !

Le géant n'écoute pas. Il rame mais la chaloupe submergée avance péniblement : une île à la dérive. Le géant ramène les rames à l'intérieur. La chaloupe s'immobilise doucement.

Alors, très lent, la Neuvième Merveille du monde se lève et se laisse tomber dans l'eau. Il n'essaie pas de nager. Il n'est plus un géant, mais un homme.

Son corps est retrouvé par un petit enfant qui se baigne dans le dernier rayon du jour.

—Qui était Boris Rataploffsky ?

—De quel pays venait-il ?

Phil ne sait pas. Il est trop ivre, dit-on.
Phil assure qu'il ne connaît pas la vie du
géant. Il répète :

— A quoi sert un géant sur la terre ?
A quoi sert un homme ordinaire ?

L'on rit.

Philibert pleure, assis dans l'eau qui
lèche le sable.

*   *   *

La vraie vie, celle qui enflamme les artères de Phil, crépite dans les clubs de nuit
de la rue Saint-Laurent. Son rire y est déjà
célèbre et son enthousiasme quand il applaudit les danseuses.

Descendant de la scène, elles passent parmi les clients pour se rendre à leur loge.
Anita, la tigresse africaine, glisse les griffes
dans la chevelure de Phil. Cette caresse in-
cendie sa tête comme s'il avait bu trop d'al-
cool. Il a des billets dans la poche intérieure
de son veston, une bague à chaque doigt et
des souliers en peau de crocodile. Le torse
fier, il suit le serpent de feu qui disparaît
dans ses paillettes éblouissantes.

Phil veut que Montréal l'enserre, l'étouffe, le noie, il veut être une brique parmi les briques, mais vivant, il veut vivre, il aime le trottoir chaud des bas-quartiers qui respirent dans l'odeur des hot dogs, des saucisses à l'oignon ; il aime la vie cachée derrière les vitrines tapissées de photographies de filles, il aime la vie qui circule dans le béton des façades fermées comme des visages impénétrables.

Dans la chambre au papier fleuri, sous une image encadrée de Notre-Dame au cœur transpercé des sept douleurs, Phil sue, s'essouffle, s'épuise à transmettre son feu intérieur. Cette fille sous lui est un doux cadavre vivant.

Il se lève en replaçant ses cheveux. Il farfouille dans une poche de son veston. Il en tire un papier qu'il déplie soigneusement : c'est une affiche qu'il tend à la tigresse africaine. Une moue. Elle est déçue que ce ne soit pas de l'argent. Elle grimace devant la grande photographie de l'Homme au visage d'acier :

—C'est un gorille !

—Lis, ordonne-t-il avec fierté.

Il indique du doigt : Mr Phil, manager.

Il enfile ses vêtements, ramasse l'affiche que la fille a laissé tomber sur le plancher et la replie soigneusement.

Il quitte la rue Saint-Laurent avec une envie de vomir.

Plus loin, Montréal ressemble à une couronne de fleurs mortuaires posée par terre.

*   *   *

La nuit déjà s'éclaire dans la chambre enfumée.

Phil parle comme s'il lisait ses mots, difficilement, sur un tableau noir :

—Dieu faisait tout : il fabriquait les corps, il semait les intelligences, il faisait gronder le tonnerre, il faisait crever le père Herménégilde, il faisait péter Sœur Supérieure et il arrachait un cheveu de nos têtes chaque fois qu'on vieillissait. Un jour, je me suis aperçu qu'il y avait pas plus de bon Dieu dans le ciel que de serpent à sonnette électrique au Québec. Le ciel est une grande boîte vide avec des cailloux lumineux...

Ladouceur et Cassidy, le cigare entre les dents, sourient. Phil remplit son verre, pousse la bouteille.

— Sans Dieu, continue-t-il, je me suis trouvé seul. Dans mon enfance, on avait planté des peurs hautes et serrées comme du blé d'Inde : il y en avait assez pour me nourrir une vie, une éternité ! Baptême, riez pas ! Privé de Dieu, j'étais un amputé, mais, hostie, j'étais un homme. Je pouvais dire : Dieu existe pas, mais moi, j'existe ! T'es pas né quand t'as pas dit ces mots-là en pleine nuit, en traversant la rue Sainte-Catherine parmi les autos qui te sifflent sous le nez comme des faux... Ah ! Jésus-Christ, écoutez-moi ça : Dieu existe pas, mais moi, j'existe... Je respirais. J'étais responsable de ma respiration.

Il cherche son briquet, le trouve, cherche ses cigares, en choisit un, et s'enveloppe de fumée :

— Des fois, un ange, un saint ou une sainte, ou Dieu lui-même, comme des rats sortis d'un tuyau d'égout, viennent grignoter dans un coin de ma chambre. Des fois, je sens leurs petites pattes qui courent à l'épouvante sur ma poitrine quand j'arrive pas à dormir.

— Tu disais qu'il y a pas de bon Dieu, remarque Ted Ladouceur, ironique.

Phil a un ricanement crispé.

Il lance la bouteille de scotch à Cassidy qui l'attrape et remplit les verres.

— Vous parler de philosophie, dit Phil, c'est comme mettre une culotte de dentelle à une jument.

Cassidy et Ladouceur joignent leurs mains d'étrangleurs comme de parfaits enfants de chœur ; le front incliné, ils murmurent d'une voix monacale :

— Amen !

*   *   *

Ce jour devait arriver : les doigts de Phil ne trouvent plus d'argent sous les piles de vêtements pliés dans les tiroirs de sa commode. Il éparpille les vêtements sur son lit, il les déplie, les secoue, il vide chaque tiroir. Aucun billet. Ses réserves de banque sont

117

depuis longtemps épuisées. Il ne possède plus rien. Ses bagues ? Il les vendra.

Le Juif de la rue Craig lui propose un prix de pacotille. C'est un voleur. Mieux vaut être plumé que de travailler. Ah ! pourquoi n'a-t-il pas suivi en chaloupe Boris Rataploffsky dans l'eau du beau lac de Saint-Benoit-de-Beauce ? Montréal est aride comme la pierre.

Pendant que le vieux Juif a le nez dans l'argent de son tiroir-caisse, Phil saisit un appareil de radio en matière plastique bleue pâle et le fourre dans son veston.

Il est vengé.

S'il peut voler un Juif, il peut ne pas désespérer. Peut-être redeviendra-t-il riche ?

Sur le trottoir, il presse contre lui l'appareil de radio, en prenant un soin attentif de n'avoir pas l'air d'un voleur. La police protège les Juifs parce que les Juifs contrôlent la police, les gouvernements et le commerce ; tout le monde sait que les Juifs contrôlent même les Anglais. Ah ! pourquoi n'est-il pas Juif ?

— Ce serait moins difficile que d'être une bête puante de Canadien français. Les Juifs, ils sont riches, puis, comme on a pas de fours crématoires au Québec, ils ont la sécurité complète. Si on avait des fours crématoires, c'est eux qui les auraient vendus. Ah ! les maudits Juifs !

Plus loin, dans une boutique, un autre vieux Juif consent, après un long marchandage, à lui acheter deux dollars son appareil de radio.

L'époque de la vie généreuse a fermé derrière lui une grosse porte qu'il ne pourra plus jamais rouvrir.

La Neuvième Merveille du monde est morte.

Le rêve est terminé.

Si Phil s'obstine, il devra vendre ses souliers en peau de crocodile, son costume bleu chiné de fils roses et verts.

* * *

Les bulldozers ronronnent ; Philibert ne les entend pas plus qu'il n'entend le bruit de sa propre respiration ou les grondements intermittents des explosions qui secouent le tuf.

Un crachat le frappe à la figure ; de la fiente d'oiseau ? Il lève les yeux mais il ne voit ni le ciel, ni l'oiseau : que des échafaudages enchevêtrés à travers une structure d'acier. Il essuie son visage du revers de la main : du sang gluant.

—Tabernacle ! dit l'homme à côté de lui, c'est de la peau d'homme.

—Ouais ! parce que les femmes sont rares en hostie ici !

Autour d'eux d'autres ouvriers ont reçu des miettes sanguinolentes. Les pelles, se posent, les marteaux, les pioches tombent par terre. Les manœuvres s'essuient, leurs yeux cherchent d'où leur a été lancée cette chair hachée, encore vivante, qui les a éclaboussés.

Le contremaître surgit comme une autre explosion :

—Bande de maudits paresseux, travaillez, essayez de gagner au moins la valeur du papier de votre chèque. Je vous coupe votre temps d'un quart d'heure, bande de Christ.

Philibert se penche pour ramasser sa pelle qu'il tient debout par le manche.

— T'es plus cochon qu'un hostie de cochon ! dit-il.

— Je fais mon métier, dit le contremaître. Quand j'étais creuseur, je creusais, sans pleurnicher. Maintenant mon métier, c'est de vous engueuler. Je vous engueule, et vous allez travailler, mes Christ. La Dominion Company fera pas faillite ici à cause des baptême de fainéants que vous êtes !

— Boss ! Hé ! Boss ! crie le Beauceron qui glisse dans l'échelle. C'est le Portugais ! Le Portugais a explosé !

— Je vous le dis, bande de Christ de vaches, si vous seriez moins paresseux, vous seriez plus prudents. Et il y aurait pas d'accidents. Qu'est-ce que la Dominion Company va me dire ?

Le contremaître a son geste coutumier quand il est nerveux : il enlève et remet sa casquette.

— Boss ! Hé ! Boss ! reprend le Beauceron, c'est pas un accident, il s'est mis un bâton de dynamite entre les dents, il s'en est mis un entre les jambes, nous on riait, on pensait qu'il faisait une farce, puis il a pesé sur le détonateur, on riait encore parce qu'on pensait : il va pas sauter, mais il a sauté. On l'a pas vu ; c'est trop vite, mais on riait plus. Il en reste pas assez pour faire un enterrement.

— Pourquoi que ce Christ d'importé nous a fait ça ? Le Canada accepte trop de ces crève-faim de l'Europe. Ils viennent ici, ils prennent nos places, puis quand ils ont le ventre plein, boum ! ils se font sauter !

— Puis on reçoit leur saleté dans le visage, dit un soudeur qui n'a pas fini de se nettoyer.

Le contremaître enlève et remet sa casquette :

— Pourquoi est-ce qu'il a fait ça ?

— La folie, propose un autre soudeur.

— La folie, c'est juste la folie qui peut expliquer ça, répète le contremaître.

Philibert lance sa pelle :

— La folie ! Boss, les fous, c'est nous. On est plus fous que des hostie de fous. Si on était pas fous, on ferait comme le Portugais, et toute cette baptême de ferraille qu'on est en train de tricoter pour les riches serait arrosée d'une pluie de viande humaine hachée à la dynamite. Mais on est des Christ de fous : si les riches veulent un château, on leur fait un château. Le Portugais, lui, il était pas fou ; il a dit : votre château, rentrez-vous-le dans votre cul parfumé au parfum cher que je peux pas payer à ma face.

Sur la tête du contremaître, la casquette danse frénétiquement, mais il se tait. Philibert n'ajoute rien. Il va vers la poutre où est accroché son veston ; il ne le prend pas : le veston est marqué d'une tache de sang du Portugais ; dans la rue Sainte-Catherine les policiers le prendraient pour un assassin.

— Toi, la folie te prend, dit le contremaître. On va un jour te trouver avec de la dynamite dans la bouche.

— Ayez pas peur, Boss ; ma folie à moi, c'est d'accepter une vie de chien avec des sourires et des remerciements.

Il suit des rues au hasard.

Il marche.

Vient la nuit.

Dans son lit, seul, malgré ses yeux clos et le rideau opaque à sa fenêtre, il ne peut cesser de voir un visage déchiqueté, sanglant, dont le rire est une blessure. Le visage est trop défiguré, il ne peut reconnaître avec certitude le sien.

*   *   *

Au fond de sa fosse de graissage, depuis combien de jours Philibert n'a-t-il pas vu le ciel du printemps ? Pourrait-il ne pas rêver souvent de ces beaux voyages ensoleillés sur des routes qui le promenaient des Laurentides aux Apalaches, de l'air marin de Gaspé aux forêts sèches de Val d'Or ? Son horizon, maintenant, se borne aux parois poisseuses de sa fosse de graissage ; au-dessus de lui, un ciel de tôle boueuse et de tuyaux rouillés expectore des nuages empoisonnés. Philibert tousse et crache. L'eau grise, la graisse et l'huile pleuvent sur lui. Sa salopette est trempée, sa chemise. Même s'il se lave avec fureur, son corps imprime dans son drap une forme huileuse. L'odeur d'essence et d'huile le poursuit, il la sent partout, comme une ombre puante dont il ne peut se séparer.

Quand l'ouvrage est terminé, il fait nuit, et la nuit est envahie par les automobiles qui rampent comme de dégoûtantes couleuvres lumineuses.

Un jour, tombe dans sa fosse une lettre que des doigts salis d'huile ont tachée. Philibert n'a pas reçu de lettre depuis si longtemps. Qui peut donc penser à lui ? Elle provient de Morin, Morin, Morin et Morin, notaires, avocats.

—Baptême ! Me voilà poursuivi par la justice. J'ai rien fait de mal.

Il lit avec un fébrile empressement.

« Cher Monsieur,

Auriez-vous l'obligeance de vous présenter à nos bureaux conséquemment au décès de notre client, M. Donato Ambrosio, alias Louis Durand, alias Agadad Aglagayan, alias

Jean-Baptiste Turcotte, alias Boris Rataploffsky, et alii qu'il appert que vous avez
connu sous l'un de ces noms ou sous un autre.
                Salutations distinguées. »
La signature est illisible.

—Baptême ! Ils vont me demander de
payer le cercueil de la Neuvième Merveille
du monde. C'est pas un cercueil qu'il lui a
fallu ; c'est un paquebot. Ils vont me ruiner.
Mais je vais emprunter de l'argent. Puis je
vais payer des fleurs en plus.

*   *   *

Philibert n'a jamais vu autant de livres.
La maison lui semble construite non de briques ou de pierres, mais de livres :

—Avez-vous lu ça, Monsieur le Notaire ?

L'homme de loi est si propre : aucune
poussière, aucun mot grossier ne l'ont appro-
ché depuis sa naissance :

—Hélas ! non, je n'ai pas tout lu. On
lit, on lit, puis on s'aperçoit que l'on n'ap-
prend plus rien. On cesse de lire ; mais on
continue d'acheter des bouquins.

—Ah! Jésus! Monsieur le Notaire, vous parleriez pas comme ça si vous aviez fréquenté l'Université-du-coup-de-pied-au-cul.

—Il faut de la ténacité, jeune homme, de la patience, de la patience, de la bonne volonté, savoir se taire et un peu de chance. Mais la chance, vous l'avez avec vous.

—Baptême! Monsieur le docteur, vous me connaissez mal!

Le petit homme chauve sourit, mais faiblement, pour ne pas déplacer les poils de sa moustache.

—Ecoutez.

Il commence à lire d'une voix habituée à se montrer indifférente aux bonnes et aux mauvaises nouvelles, une voix de mort obséquieux qui prend soin de ne pas éveiller ses voisins, il prononce des mots, des mots, et des mots, Philibert ne comprend rien, des mots s'ajoutent aux mots, Philibert distingue soudain dans le flot de langage terne :

—Conséquemment Monsieur Phil, manager, héritera...

—Pas si vite, Monsieur le Curé!

Le notaire lève les yeux de ses papiers sans lever la tête :

— Monsieur, je n'ai pas assez de sainteté pour être un Curé, malgré toute mon honnêteté sur laquelle vous pouvez compter...

— J'hérite de quoi, Monsieur le notaire ? Des dettes de la Neuvième Merveille du monde ?

— M. Boris Rataploffsky, puisque vous l'avez connu sous ce nom, ne vous lègue pas une fortune...

— Baptême ! coupe Philibert, qu'est-ce qu'il me donne ?

— Il vous lègue une somme intéressante, très intéressante que vous pourrez investir, selon les conseils avisés de notre bureau de courtage...

Philibert ne comprend pas.

— Si vous le voulez, précise le notaire.

Philibert se précipite vers la porte. Il ne peut plus rien entendre :

— Je vais revenir, docteur. Mais avant de revenir, il faut que j'aille me soûler. A crédit, mais il faut que j'y aille. Une dernière fois.

Quand on est riche, il faut se soûler au champagne. Moi c'est la bière que j'aime !

* * *

— Héritier !

La vieille Chevrolet '37 de Philibert a des frémissements d'enfant qui vient de recevoir un nouveau jouet. Sur l'accélérateur, le pied de Philibert tremble ; ses mains au volant tremblent aussi comme s'il avait peur.

— Héritier ! Héritier !

Il croit penser à cent choses, mais seul ce mot naît à ses lèvres.

Sur le siège arrière de sa voiture — est-ce pour cela qu'il tremble ? — il sent une respiration énorme, le souffle de la Neuvième Merveille du monde :

— You're my truly son. Tu es mon fils. Don't forget, murmure la grosse voix, très tendrement.

Philibert arrête sa Chevrolet. Il ne peut plus rien voir ; il a trop de larmes aux yeux.

— Non, Monsieur le géant, je me soûlerai pas.

—You're a good son, dit la voix dans l'ombre de la Chevrolet.

Il ne peut plus conduire.

Il croise les bras sur le volant et y enfonce le front comme dans un oreiller pour s'abandonner à sa tristesse.

Pourquoi la Neuvième Merveille du monde lui a-t-il légué cet héritage ? Peut-être le géant était-il seul dans le monde ? Aussi seul que lui ? Pourquoi a-t-il quitté la vie sur sa petite chaloupe ridicule ? Pourquoi est-il parti sans rien expliquer à personne, sans un mot même à son manager ?

—Au fond, tu es un bon fils, dit la voix en arrière.

Malgré que cette voix ressemble à celle de la Neuvième Merveille du monde, Philibert reconnaît celle de son père :

—Le père ! Je vais aller te voir au village et tu seras fier de moi. T'auras plus envie de me botter le derrière. Quand tu me verras arriver, tu me prendras dans tes bras.

D'un coup de démarreur décidé, il remet son tacot en marche vers le bureau du notaire. La voiture obéit avec la bonne volonté d'une rosse. Il pousse au fond l'accélérateur avec la pensée folle qu'il aimerait faire avancer au fouet cette voiture, cette trop vieille voiture.

*   *   *

Philibert sera épicier. Une petite épicerie propre comme une maison privée, avec des boîtes de conserves groupées en pyramides multicolores, époussetées tous les jours. Une épicerie qui sentira bon, avec une grande vitrine.

Il aura les mains propres. Il s'essuiera souvent les mains dans une serviette blanche. Il portera une chemise blanche avec un nœud-papillon bleu ou rouge. Les murs seront blancs aussi. Le plafond pourra être d'un beau rose gai. Il retiendra ses gros mots devant ses clientes car il sera un épicier respectable. Il sera poli. Après leurs achats, il les reconduira à la porte ; il se gardera de leur pincer les fesses. L'épicerie s'appellera: Boris et Philibert... Non. Boris et fils ?... Non. Rataploffsky et associé... Non, c'est trop juif. Peu importe le nom peint à la façade, la vérité profonde est écrite dans son âme : il doit la vie à la Neuvième Merveille du monde. Il s'inscrira à un cours du soir pour apprendre l'anglais parce que l'anglais est la langue des affaires, des petites et des grosses affaires. Si on ne sait pas l'anglais on ne peut même pas aller pisser quand on veut. Il s'abonnera à des revues anglaises comme les commis de bureaux qu'il a vus dans l'autobus ; ces revues sont instructives. Baptême ! Il y a de belles images de femmes déshabillées qui donnent de l'énergie. Ensuite il suivra un cours de comptabilité parce qu'à l'école, il a appris comment aller au ciel, mais non comment aller à la banque. Avant d'être le manager de la Neuvième Merveille du monde, il ne savait pas distinguer un profit d'une dette. L'épicerie, si elle est bien administrée, va se développer, prospérer ; alors, plus tard, il fera peut-être... Il n'ose y songer. Faire de la politique... Il ne faut pas y penser. La politique... C'est défendu d'y penser : aussi bien rêver d'avoir une queue grosse comme une locomotive.

Baptême ! Aussi bien rêver d'avoir des ailes d'ange. Mais s'il devient un gros épicier, alors, il vaudra peut-être un avocat, et pourra être député...

— Toi, tu es du bois de Premier Ministre, lui avait dit un Vieux, dans une usine...

Il sera épicier. Une belle petite épicerie blanche et parfumée.

Avant d'acheter son épicerie, Philibert passera à la banque pour déposer son chèque d'héritage. Il y a longtemps qu'il n'est pas allé à la Savings Bank : depuis son rendez-vous raté avec la jolie petite caissière.

Si elle est encore derrière son guichet, il lui tendra le chèque d'un air indifférent. Elle sera mal à l'aise car elle se souviendra d'avoir méprisé Philibert. Elle aura l'air d'une chatte qui a sali le tapis. Elle n'osera pas lever les yeux. Elle cachera son regard dans ses bordereaux. Elle fera semblant d'avoir oublié. Malheureuse, elle sera encore plus jolie, elle aura une beauté qui rend un homme heureux d'être un homme, qui lui donne le goût d'être fort, d'être bon et d'aimer la vie. Phil n'aura pas honte de la regarder dans les yeux, il n'a rien, lui, à se reprocher. Sa seule faute est d'avoir été pauvre. Il l'invitera à sortir. Elle acceptera. Son âme de femme sentira que Phil peut aimer. Elle montera dans sa vieille Chevrolet comme dans un carosse de roi. Quoi qu'on dise, ce qu'une femme préfère chez un homme c'est l'amour. Aimer...

—Ah! Aimer... Aimer... Aimer...

* * *

La nuit se déchire.

Brûlure d'un fouet dans la chair dorsale.

Un arbre phosphorescent bondit dans le pare-brise.

La vague sombre de la nuit retombe et la rumeur de Montréal pourtant proche ne trouble pas le silence.

La Chevrolet '37 est, au fond de la nuit, renversée. Les roues tournent furieusement.

* * *

La Croix du Christ phosphorescente se dresse devant Philibert, comme un arbre, sur la route, devant sa voiture; les bras étendus étincellent comme braise et la plaie béante au côté du Christ est large comme une ville de néons. Il enfonce le frein, mais les roues ne mordent pas à la route, la voiture ne colle pas au bitume ; elle s'enfonce comme une lance dans le côté du Christ et l'orage du sang s'abat dans le pare-brise. Les essuie-glace s'efforcent de nettoyer un demi-cercle de vision, en vain, car leur mécanisme se détraque, le sang imbibe la moquette, il coule sur les banquettes, tache le costume de Phil, le sang dégouline dans ses cheveux, sur son front, chaud, le sang coule dans ses sourcils, ses yeux et la voiture est remplie du sang du Christ.

D'un coup d'épaule, il pousse la portière pour fuir, mais le sang roule comme un fleuve et le toit de sa voiture luit au-dessus de la marée rouge. Phil nage vers une rive qui doit exister quelque part. Il n'a pas nagé depuis l'eau boueuse de la petite rivière Famine.

A bout de force, plus lourd qu'une pierre, il réintègre sa voiture qu'un remous aspire, engloutit.

Ses cris sont inutiles. La nuit est déserte
et sourdes sont les lointaines fenêtres sur
l'autre rive de la nuit. Un souffle puissant
l'attire sous le flot, Phil lutte, agite les bras,
les jambes et il réussit à remonter à la sur-
face rouge ; il voit dans le ciel, à perte de
vue, la déchirure au côté du Christ : le sang
jaillit en un volcan plus tumultueux que le
Niagara. Le sang coule sur les montagnes,
arrache les villages, inonde la ville ; la mer
ouvre de grands yeux éraillés.

Le sang brûle les moissons, emporte les
arbres et les pierres, déracine les gratte-ciel,
Phil ne peut plus lutter, tant d'efforts l'ont
épuisé, un homme seul ne peut rien, il ferme
les yeux, il serre les lèvres, ramène les bras le
long de son corps et accepte de se noyer sans
regret ni colère. Il n'a plus la force de refu-
ser.

Lorsqu'il est étendu au fond, à travers le
sang devenu diaphane comme l'eau fraîche,
il aperçoit, très haut, un homme : c'est un
funambule qui avance avec précaution sur
un fil tendu dans le ciel, au-dessus du gouffre
de la nuit. L'homme glisse son pied, sans

le soulever, sur le fil ; ses bras sont étendus, son corps est très raide et l'homme fixe un point dans la nuit très loin.

— Au secours ! appelle Philibert.

A ce cri, le funambule tourne la tête. Le fil est secoué, l'homme ballotté, il perd pied et tombe, oiseau sans aile.

Au choc, la tête de Phil s'ouvre.

*   *   *

Phil ouvre les lèvres et une coulée de sang glisse sur son menton. Il a cru prononcer le mot « VIVRE ». La nuit tremble comme un animal heureux. Ce mot est beau comme un cheval qui galope dans un champ ; les murs de la nuit ont la voix de Phil et ils répètent le mot « VIVRE ».

Ses lèvres sont ouvertes ; aucun son ne jaillit maintenant de sa bouche. Sa gorge est fermée comme si une main étreignait son cou.

*   *   *

Par le pare-brise éclaté de sa voiture, Phil voit ses membres étalés dans la nuit. Un bras arraché forme une fleur rouge ; une jambe a l'air d'une branche cassée et sa tête est entourée par l'eau d'une mare.

Son corps est éparpillé dans l'abîme d'une mémoire morte.

*   *   *

Des dents d'acier larges comme des portes fermées pour toujours.

La bouche de l'enfer.

Dans son enfance, Philibert ouvrait le livre à la page de l'enfer, et il regardait durant des heures le dessin de ce dragon à la gueule ouverte et dont l'estomac conduisait à l'enfer.

La bouche de l'enfer.

Philibert regardait longtemps ce dessin pour avoir peur, il voulait que la peur marquât son âme comme une cicatrice profonde : plus il avait peur, moins il aurait envie de pécher.

La bouche de l'enfer.

Parfois Philibert s'endormait sur son livre ouvert, et doucement, comme avec amour, le dragon du dessin commençait à lécher son visage.

Voici la bouche de l'enfer. Au bord des lèvres, comme des spaghettis infâmes, grouillent des serpents qui, à les voir seulement, rendent fou, mais en enfer, l'on ne devient pas fou, l'on ne peut mourir de peur. Phil s'abandonne à la caresse visqueuse de ce gigantesque ver qui s'enroule autour de lui et la brûlure du feu est douce comparée à la caresse du serpent. L'humidité crasseuse de cette chair gluante se presse contre lui, ce corps froid à l'odeur de vomissure ; le serpent entoure les chevilles, s'y noue, s'agrippe aux jambes et les attache, il encercle les cuisses, entoure les hanches, se serre contre l'abdomen, Phil ne peut plus respirer ; le serpent paralyse l'expansion des poumons, il comprime sa poitrine ; Phil voit la face du serpent s'avancer comme pour crever ses yeux, mais elle se pose contre sa joue, le serpent presse sa joue contre la joue de Phil en bavant. Avec une affection dégoûtante, les lèvres à l'odeur de viande pourrie s'appliquent comme une sangsue sur ses lèvres : dans sa bouche la langue du serpent se déroule et rampe comme un autre serpent, comme une

139

vipère affolée, elle sonde le fond de sa gorge, Phil suffoque, la langue du serpent glisse dans sa gorge ; il doit avaler l'horrible crachat vivant ; le nez du serpent maintenant force l'anneau de la bouche de Phil, peu à peu la tête s'avance dans la bouche, s'insinue dans la gorge, la tête s'enfonce comme un pieu dans la poitrine de Phil, le serpent creuse son passage dans les poumons, il troue le foie, perce l'estomac, ondoie parmi les intestins, hésite, se repose, hoquette, son ventre gargouille et Phil croit que c'est le sien, et le serpent s'immisce dans son rectum ; le serpent rampe dans le corps de Phil comme dans sa boue natale, le ventre de Phil pourrit, son ventre ressemble à celui d'une vache morte dans un champ de blé ; le serpent agrandit l'anus, sa tête sort et Phil en sent les bosses crâniennes, la tête balance entre ses jambes comme un fœtus perdu, le cou se tend, la tête se soulève et la bouche saisit le sexe de Phil et les mâchoires se ferment. Sous ses pieds et le long de ses cuisses, le supplice des flammes est doux, il ne sent pas les cailloux de feu.

Il ne restera de lui qu'une immense souffrance, une douleur qui s'éternisera, une douleur qui souffrira de la douleur, qui prolongera ses tourments plus longtemps qu'il ne faudrait à une aile d'oiseau pour user tous les rochers du monde :

— Souffrir ; souffrir pour souffrir ; souffrir pour souffrir ; souffrir pour souffrir. Souffrir. Souffrir.

Le regard de Phil réussit à percer la pénombre d'où vient la voix grinçante. L'ombre ne voile pas tout à fait un visage à bec-de-lièvre : le triste visage semble au bord des larmes. De son œil creux, une couleuvre glisse comme un pleur.

— Vivre, c'est une malédiction.

Les paroles ont éveillé dans son nid une couleuvre qui sort par l'autre orbite.

— J'ai jamais demandé à vivre, dit Phil.

Une tête de porc maigre s'avance sur une ossature dont les os ressemblent à un arbuste calciné, le monstre se jette à quatre pattes parmi les braises, jappe, houspille le serpent comme un chiot turbulent :

141

— Tu souffres, ricane-t-il, tu as toujours désiré souffrir.

Les flammes s'agitent avec des mouvements de reptiles déments et le sol se décompose en étincelles aiguës, mais le feu s'assombrit, les flammes sont grises maintenant, la lumière est poussiéreuse et ne repousse plus la nuit qui redevient toute noire : la voûte intouchablement noire s'abat sur Phil. Oh ! le poids de cette charretée de bois renversée sur lui...

* * *

La nuit a la chaleur sur lui d'une mère, il est seul, mais où ? Dans son lit d'enfant, peut-être, et son cœur s'arrête car une main pèse sur sa poitrine ; son cœur est une petite framboise entre des gros doigts de fer.

Sur la voiture renversée, une roue encore vivante perd sa vitesse comme le sang se perd, elle s'appesantit sur l'essieu, elle ralentit, elle hésite, tourne encore, elle tourne à peine, elle s'amollit, s'engourdit et s'arrête...

Philibert croit dire :

— Il est par là, le soleil...

DOSSIER

COUPURES DE PRESSE

Le souvenir qu'on garde de la lecture d'un roman de Carrier est surtout lié à des impressions, à une certaine atmosphère qui se dégage de ses livres. Je pense que c'est là la manière d'écrire de l'auteur de *Il est par là, le soleil*. S'il existe au départ une certaine ''intrigue'', Roch Carrier ne s'y limite jamais. C'est pourquoi la succession des phrases et des paragraphes n'obéit pas totalement à la chronologie ou à la logique. Carrier procède plutôt par l'association des sensations, des souvenirs ou des idées. Roch Carrier — et c'est pour moi la première attitude à adopter — écrit pour se faire plaisir. Il est quand même heureux qu'on puisse le partager.

Ivanhoé BEAULIEU
Le Soleil, 28 novembre 1970

Né en quelque sorte conteur de par ses origines beauceronnes, Roch Carrier est devenu tout naturellement romancier avec *La Guerre, yes sir!* qui n'était, au fond, qu'un conte plus long et plus spontané que ceux, courts, précis et travaillés de *Jolis deuils. La Guerre, yes sir!* avait surgi, jailli, donné tout d'une traite du coeur même de l'expérience de Carrier: l'enfant de Beauce qu'il fut durant les années de guerre. La veine était bonne. Carrier décida de l'exploiter à fond. Au panneau central de sa toile, il ajouta, à droite, un premier volet, dont la profondeur se confondrait avec les ténèbres d'un passé boisé de mystères. Et ce fut *Floralie, où es-tu?*. S'ouvre maintenant le volet de gauche de l'oeuvre de Carrier: *Il est par là, le soleil,* un avenir dont le bonheur chaud, loin d'éclore dans le présent, se trouve toujours quelque part plus loin, en avant, par là, on ne sait plus bien où, comme une suprême dérision.

René DIONNE
Livres et auteurs québécois 1970

In *Il est par là, le soleil* Carrier exhibits again the extraordinary capacity for fantastical realism (as opposed to pure fantasy) which characterized *La Guerre, yes sir!*. Here again he uses depiction of the unusual and the grotesque not simply for the sake of shock value and absurdity, but with purpose, often charged with bitter irony. (…) *Il est par là, le soleil* is filled with typical Carrier humor, a highly amusing novel with a sensitivity for language and life. Compared to much of the soul-searching, "engagé", tormented writing produced in Quebec over the past ten years or so, it is a breath of fresh air.

Ronald SUTHERLAND
Canadian Literature, 1971

In these Dark Ages life is a flimsy permit, usually issued by the "maudits Anglais"; and always nasty, British and short. Quebec awaits either Marat or Edison. Into this rotting cellar called "La Belle Province", Roch Carrier has forced us to stare compulsively; the measure of his art is in a hundred disturbing scenes that the imagination will not dare push aside. "Je me souviens" is threat as well as history.

Kenneth GIBSON
Saturday Night, juillet 1972

This is the last novel in a trilogy destined to make Roch Carrier one of Canada's most significant writers. *La Guerre, yes sir!, Floralie, où es-tu?* and now *Il est par là, le soleil* constitute a sort of mini-epic of a Quebec emerging from a rural dream into an urban nightmare. Each of the novels is short, compressed, explosive with an energy that is given only to first rate writers. Although the structure and characterization of each is simple, each is written with a swiftness, skill and sophistication of imagination that leaves the reader breathless. (...) A grim humor underlies and transforms the violence and degradation of this novel as it does the other two, and attests to the vitality of the current wave of younger French-Canadian writers.

Peter BUITENHUIS
1972

ÉTUDES À CONSULTER

Numéro spécial de la revue *Nord*, Québec, n° 6, 1976, 152 p.

Dossier sur Roch Carrier (entrevue, études, bibliographie), dans *Québec français*, Québec, n° 31, octobre 1978, p.29-36

Renald BÉRUBÉ, "*La Guerre, yes sir!* de Roch Carrier: humour noir et langage vert", dans *Voix et images du pays*, n° III, Montréal, P.U.Q., 1970, p.145-164

David J. BOND, "Carrier's fiction", dans *Canadian Literature*, Vancouver, n° 80, printemps 1979, p.120-131

Jean-Cléo GODIN, "Roch Carrier: une terre entre deux (ou trois?) soleils", dans *Livres et auteurs québécois 1971*, Montréal, Jumonville, 1972, p.305-310

Gabrielle POULIN, "Le pays des grands-pères (l'oeuvre romanesque de Roch Carrier)", dans *Romans du pays 1968-1979*, Montréal, Bellarmin, 1980, p.89-138

OEUVRES DE ROCH CARRIER

ROMANS

La guerre, yes sir!
    Éditions du Jour, 1968
    Édition de luxe, 150 exemplaires, Art global, 1975
    Éditions Stanké, Collection « Québec 10/10 », 1981
    Traduction anglaise par Sheila Fischman, Toronto, Anansi, 1970

Floralie, où es-tu?
    Éditions du Jour, 1969
    Éditions Stanké, Collection « Québec 10/10 », 1981
    Traduction anglaise par Sheila Fischman, Toronto, Anansi, 1971

Il est par là, le soleil
    Éditions du Jour, 1970
    Éditions Stanké, Collection « Québec 10/10 », 1981
    Traduction anglaise par Sheila Fischman, Toronto, Anansi, 1972

Le deux-millième étage
    Éditions du Jour, 1973
    Éditions Stanké, Collection « Québec 10/10 », 1983
    Traduction anglaise par Sheila Fischman, Toronto, Anansi, 1974

Le jardin des délices
    Éditions La Presse, 1975
    Éditions Stanké, Collection « Québec 10/10 », 1985

Il n'y a pas de pays sans grand-père
    Éditions internationales Alain Stanké, 1977
    Éditions Stanké, Collection « Québec 10/10 », 1979
    Traduction anglaise par Sheila Fischman, Toronto, Anansi, 1981

Les fleurs vivent-elles ailleurs que sur la terre?
    Éditions internationales Alain Stanké, 1980

La dame qui avait des chaînes aux chevilles
   Éditions internationales Alain Stanké, 1981
   Traduction anglaise par Sheila Fischman, Toronto, Anansi, 1984
   Éditions Stanké, Collection « Québec 10/10 », 1985

De l'amour dans la ferraille
   Éditions internationales Alain Stanké, 1984
   Traduction anglaise par Sheila Fischman, Toronto, Anansi, 1987

L'ours et le kangourou
   Éditions internationales Alain Stanké, 1986

THÉÂTRE

La guerre, yes sir!
   Éditions du Jour, 1970

Floralie
   Éditions du Jour, 1973

La céleste bicyclette
   Éditions internationales Alain Stanké, 1980
   Éditions Stanké, Collection « Québec 10/10 », 1985

Le cirque noir
   Éditions internationales Alain Stanké, 1982

CONTES

Jolis deuils
   Éditions du Jour, 1964
   Éditions Stanké, Collection « Québec 10/10 », 1982

Les enfants du bonhomme dans la lune
   Éditions internationales Alain Stanké, 1979
   Éditions Stanké, Collection « Québec 10/10 », 1983

Les voyageurs de l'arc-en-ciel
   Éditions internationales Alain Stanké, 1980

Ne faites pas mal à l'avenir
   Éditions Pauline, 1984

Le chandail de hockey
   Livres Toundra, 1984
   Traduction anglaise par Sheila Fischman, Toundra books, 1984

TABLE

Québec 10/10

Achevé   Imprimerie
d'imprimer Gagné Ltée
au Canada Louiseville